さくらい動物病院の不思議な獣医さん❺

竹村優希

双葉文庫

プロローグ

カメレオンとは、長い舌を器用に使って餌を取ったり、体の色をカラフルに変色させる不思議な爬虫類だ。

その奇妙な姿はただ眺めているだけでも面白く、爬虫類愛好家たちの中でもとくに人気が高い。

ただし、決して飼いやすい動物とは言えない。

主な理由としては、虫やワームなどの生餌しか食べないこと。

飼育環境を整えるのも難しく、温度や湿度など、管理に細かく注意を払う必要がある。

そもそも、入手自体もそう簡単ではない。

ペットとして流通するカメレオンはとても希少であり、専門店ですら、入荷のタイミングが限られているからだ。

「――カメレオンをはじめ、爬虫類の、多くは……、動物愛護法に、よって、対面での説明販売が、義務付けられて、いるの、です。爬虫類ブームなどで、飼い方を知らずに、迎え入れ……、飼育放棄などの、可哀想な日に遭う子が、後を絶ちません、から」

「へー……、そうなんですね。……で、そんな貴重なカメレオンが、どうしてここに……？」

とある日の診察終了後。

アクリルケースの中のカメレオンを眺めながら、手塚が首をかしげた。

まさに、そんな貴重なカメレオンが、さくらい動物病院には現在二匹いる。コノハカメレオンというとても小さな種で、体長は五センチ程。

「顔見知りの、患者さんから、相談を受け、まして……。一ヶ月の出張が決まり、預かってくれる人が、いないと……」

「……まあ、慣れてなきゃ預かれませんよね。飼育が難しそうだし、生餌ってなるとなかなか……」

「ですが、コノハカメレオンは、比較的、ストレスに強く……、こうして、複数飼いも、できるん、ですよ」

「目が輝いてますよ。……いつも通り、意気揚々と預かったんでしょうね」

「そ、それは……」

手塚の少し呆れた表情を見ながら、亜希は苦笑いを浮かべた。

確かに、手塚の言う通り、預かってもらえないかと相談を受けたときに、気持ちが高揚したのは事実だ。

そして、飼い主が連れて来たコノハカメレオンを見た瞬間、亜希はその可愛らしさと不思議さに、あっという間に心を奪われてしまった。

名にコノハと付けられただけあって、葉っぱを縦にしたような形の薄茶色の体から、細い脚がちょんちょんと伸び、目は真ん丸で、ゆらゆらと揺れながら歩く姿があまりに愛らしい。

幸い、亜希には大学時代にカメレオンを飼育した経験があったため、その難しさやデリケートさを、十分に理解していた。

そして、季節は現在梅雨真っ只中。

そこまで神経質になりすぎなくとも、カメレオンたちにとって適切な環境が整いやすい。

「ま、どう考えても、難しい動物を預けるのに最適な人ですよね、亜希先生は。……っていうか、俺はあまり詳しくないんですけど、この子も体の色が変わったりするんですか？」

「そう、ですね。コノハカメレオンは、あまり、派手な色にはなりません、けど……、色が薄くなったり、濃くなったりくらいは」

「そうなんですか？　でも、それだと南国特有のカラフルな植物の色味に擬態できないじゃないですか」

「それが、体の色は、擬態とは無関係という説も、あるそうで……」

「え、そうなんですか？」

「証明されてはいませんが……、まだまだ、謎が多い動物、ですね。他にも、ネットに、いろいろと面白い記事が、ありまして……」

「……思った以上にハマってるみたいですね」

亜希が口にした通り、カメレオンの生態に関しては、解明されていないことがたくさんある。

亜希は、そんな未知の部分を持っているところにも、よりそそられてしまう。

興味を持った生き物のことを黙々と調べあげるのは、子供の頃からの癖であり、趣味だ。

これまでは、あくまで自己満足の域を出なかったけれど、最近は、こうして興味津々に聞いてくれる相手がいることもあり、熱の入り方が格段に上がっている。

「求愛行動の、一環と、しても……、変色するみたい、ですよ」

「メスの好きそうな色に変わるってことですか？」

「お、おそらく」

「それはなんだか可愛い習性ですね。……ちなみに、亜希先生は何色が好きなんですか？」

「はっ……？」

「服の色くらいなら、俺も変えられますけど」

「っ……」

あまりに唐突に飛んできた問いに、亜希はたちまち目を泳がせた。

つい先日からはじまった、あまりにサラリと放たれる手塚からのアピールに、亜希は都度（つど）動揺している。

好きだ、と。

はっきりとそう言われたのは、優生（ゆうき）の失踪という大事件が終息した後のこと。

あまりにも自然に言われた上、とくに返事を求められたわけでもなく、亜希は翌朝起きた瞬間、夢だったのではないかとすら思った。

けれど、それが間違いなく現実であるということを、こうして手塚自身が日々証明している。

手塚らしいと言えばそうだが、前置きどころか照れる素振りもなく、亜希を好きなことを前提として会話を進めるものだから、恋愛経験の乏しい亜希は、いつも固まってしまった。

「あ、あの……、えっと……」

「あ、亜希先生、この子なんだか変な動きしてますよ」

「えっ……?」

とはいえ、会話がすぐに切り替わるせいで、亜希がそれ以上追い込まれることはない。

ちなみに、亜希は、手塚から向けられる気持ちそのものに困っているわけではなかった。

むしろ、亜希自身も、手塚に対する自分の気持ちを自覚している。

問題は、自分の気持ちを表現する方法を知らなすぎることだ。

それは、経験が乏しく相談相手のいない亜希にとって、もっとも難しい課題といえる。

亜希はひとまず動揺を振り払い、カメレオンに視線を向けた。

手塚が指差しているのは、オスのカメレオン。メスのカメレオンの視線の先に立ち、両前脚を上げ、ゆらゆらとおかしな動きをしている。

亜希はその様子を見た瞬間、目を見開いた。

「あっ！　これは、求愛ダンス、です……！」

それは、昨晩調べたばかりの情報だった。

カメレオンの求愛行動は、主に色と特殊な動きで表現され、「求愛ダンス」とも呼ばれる。

コノハカメレオンは複数飼いができるため、繁殖もさほど難しくなく、つがいで飼育していれば、ときどきこんな求愛ダンスを見ることができるらしい。

ネットでも映像をいくつか見つけることができたけれど、コノハカメレオンの求愛ダンスは小さな体を揺らしたり、細い両手を上下に動かしたりと、とにかく可愛らしい。

「へぇ、貴重なシーンですね……！　でも、こんなに必死なのに、メスはあまり見てないような……」

「そう、ですね……。ただ、どんな動物も、野生の中では、メスは相手を厳しく選びます、から。安易に反応しないのかも、しれま、せん」

「そっか。確かに、動物の中には面白い求愛ダンスをする種が多くいますけど、メスは、一番上手なオスを選ぶって言いますもんね」

「不思議な、生態、です……！」

手塚が言う通り、わかりやすい求愛行動を持つ動物は多い。

中でもとりわけ派手なものは鳥類に多く、羽の模様や動きで表現する奇妙な求愛ダンスは、テレビでもときどき特集されている。

メスを前にして、オスが順番にダンスを披露する姿は、見ているぶんにはただただ可愛らしいが、鳥たちにとっては子孫を残せるかどうかの真剣な戦いだ。

「今はライバルがいないせいか、なんだかほのぼのしてますね。この子の気持ち、届くといいけど」

「こんなに、一生懸命、ですから……。きっと届き、ますよ」

「……そう思います？」

「えっ……？」

意味深な問いかけは、心臓に悪い。

亜希は目を泳がせながら、曖昧に笑うことしかできなかった。

「どう、すれば……、いいで、しょうか……」

その日の夜。

亜希は診察室で、カメレオンたちを前に自分の心境を吐露していた。

目線の先では、オスのカメレオンがまん丸の目を亜希に向け、きょとんと首をかしげている。

さっきからブツブツと相談を持ちかけているものの、これ程小さい動物との会話は難しく、返事は期待できない。

それがわかっていても、止められなかった。

亜希の悩みは、いたってシンプルだ。単純に、手塚とのことを、どうすればいいのかわからないでいる。

自分の気持ちは、何度向き合ってみてもはっきりしているし、そこに疑問が生まれたことも、揺らいだこともない。

ただ、どうしたいとか、どうなりたいとか、ひとたび具体的なことを考えはじめると、よくわからなかった。

手塚からたびたび向けられる好意的な言葉も、嬉しいと思いつつ、動揺する以外の反応ができない自分がふがいなくて辛い。

だからこそ、今の亜希は、カメレオンを師匠と崇めたい気持ちだった。

「もし……、この子の気持ちに、応えようって思った、ときには……、どう、するの？」

亜希はメスに話しかけ、小さく溜め息をつく。

もちろん、返事はない。

思えば、好きだと言われてからというもの、ずっと心がふわふわして落ち着かなかった。

体の奥にざわざわと動くなにかがあって、それがときどき心をきゅっと締め付けたり、急にぽかぽかと温度を上げたりする。

ただし、苦しいわけでも不安なわけでもない。亜希には一度も経験のない、説明の難しい不思議な心地だ。

亜希が考え込んでいると、ケースの中では、オスがふたたびメスに向かって両手を振りはじめる。

「全然、聞いてくれて、なかった……」

亜希は、溜め息混じりの笑い声を零(こぼ)した。

すると、そのとき。ふいに、受付の電話が鳴り響いた。

遅い時間の電話は急患の可能性もあり、亜希は慌てて立ち上がって受付に走り、電話を取った。

すると、聞こえてきたのは、聞き覚えのある声。

「亜希先生？ ごめんなさいね、病院に電話しちゃって。考えてみたら、亜希先生の連絡先を知らなくて」

「え、あの……祥子（しょうこ）さん、ですか？」

電話の相手は、祥子。優生を通じて知り合った女性だ。

とても広い家に住み、犬や猫をはじめ、カブトムシの繁殖まで手掛ける無類の生き物好きだ。

祥子は少しはずんだ声で、言葉を続けた。

「ついさっき、優生くんから、亜希先生がカメレオンを預かってるって聞いたの。うちにも爬虫類がたくさんいるから、餌はもちろん、ケースに置く床材や植物なんかも譲ってあげられるんだけど、どうかなって」

「そんな！　いいん、ですか……？」

「ええ、もちろん」

思いもよらない嬉しい提案に、受話器を握りしめる手にぎゅっと力が入る。

ちなみに、預かったカメレオンたちの環境は飼い主によって整えられているし、飼育にかかる消耗品などの費用も預かっている。

ただ、しばらく預かることを考えると、必要なものを譲ってもらえるのはもちろん助かるし、爬虫類を多く飼育している祥子の話は参考になるだろう。

亜希は受話器を握りしめて何度も頷き、次の土曜日に行くことを約束した。

電話を切った後、真っ先に頭に浮かんだのは手塚のこと。

亜希は診察室に戻ると、ポケットから携帯を取り出し、手塚に宛てたメッセージを作る。

「えっと……、土曜日、祥子さんの、家に、一緒に……」

嬉しいことがあるとすぐに手塚に報告をするのは、いつからか、亜希の習慣になった。

今日のような誘いを受けると、手塚の都合はどうだろうかと、ついつい考えてしまう。

祥子の家には動物がたくさんいるし、きっと行きたがるだろうと、亜希は手塚の喜ぶ顔を想像しながらメッセージの続きを打った。

＊

「――あら、手塚くんは来られなかったの？」

「は、はい……。学校の、用事が、あると……」

「それは残念だったわね……」

土曜日。

手塚は、夕方までどうしても外せない用事があるとのことで、亜希はカメレオンの飼育ケースを抱え、一人祥子の家を訪れていた。

手塚はいつも亜希を助けてくれるけれど、実は、結構忙しい。

そんな素振りはまったく見せないものの、連絡がないと思ったときのほとんどは、大学にこもっているという話だ。

そんなときですら、合間を見つけて様子を見にきてくれる手塚に、亜希は申し訳ないと思いながらもすっかり甘えていた。

だから、今日も、仕方がないと納得していながら、正直少し寂しい。

そんな気持ちを悟られないように笑みを浮かべると、祥子も嬉しそうに亜希を家の中へ迎え入れてくれた。

祥子は、長い廊下を奥へ向かって進みながら、カメレオンのケースの中をそっと覗き込む。

「それにしても、コノハカメレオンって本当に小さいのね。ケースごと連れて来るって言っていたから、ここまで運ぶのは大変なんじゃないかなって思ってたんだけど……」

「はい。私も、驚き、ました。飼い主さんは、このケースでも大きいくらいだって、言ってましたよ」

亜希が抱えている飼育ケースは、横幅四十センチ弱と、比較的持ち運びが容易なサイズだ。

ただし、植物や床材が入っているため、それなりに重い。

祥子はケースの片側を支えてくれながら、興味深そうに眺めていた。

そして、奥の部屋の前で足を止めると、取っ手に手をかける。

「この中は温室兼サンルームなの。そもそもは南国の植物を育てたくて作ったんだけど、爬虫類たちの飼育環境にも近いから、うちのトカゲたちは、気温が上がりすぎる真夏以外をここで過ごしてるのよ。ちょっと鉢を増やしすぎちゃって、鬱蒼としてるから驚かないでね」

祥子はそう言いながら、戸を開けた。

脚を踏み入れると、すぐにもう一枚の透明な戸に突き当たり、庭にせり出たアクリル張りの温室に続いていた。

天窓にはシェードがかかっていて、差し込む日光の調節ができるようになっているらしい。

温室に入るとぐっと湿度が上がり、亜希の額にじわりと汗が滲んだ。

「暑いでしょう？　大丈夫？」

「全然、大丈夫、です！」

辺りには、祥子が言っていた通り、いかにも南国風な植物の鉢がずらりと並べられていた。

中には、大きく鮮やかな花をつけているものもある。

「す、すごく、綺麗……」

知ってはいたが、やはり祥子の家はなにをするにもスケールが桁違いだった。

ポカンとしている亜希を、祥子はさらに奥へと案内する。そして、中を間仕切りしているロールカーテンを巻き上げると、壁面にはいくつもの大きな棚が置かれ、飼育ケースが並んでいた。

「これが、爬虫類たちのケースなの」

祥子はケースの中から一匹のトカゲと取り出すと、傍に置いてあったコーヒーの木の枝に乗せた。

亜熱帯の植物と爬虫類はさすが相性がよく、一枚の絵のように馴染んでいる。

「憧れ、ます……。こんな、環境……」

亜希はすっかり夢中になって珍しいトカゲの姿を観察した。そして同時に、祥子に対してこれ以上ないくらいの心強さを感じていた。

温室に入ってまだ十分も経っていないけれど、この完璧な環境を見れば、祥子の爬虫類に対する造詣の深さや、飼育の経験の豊富さが一目瞭然だったからだ。

亜希が感心していると、祥子は突如、なにかを思い出したかのように温室の奥へ消え、すぐに小さな鉢植えを二つ抱えて戻ってきた。

「これ、ケースの中にどう？　細い蔓がたくさん伸びるポトスは、コノハカメレオンにとって冒険し甲斐があるんじゃないかと思うんだけど」

ポトスと呼ばれたそれは、長い蔓を伸ばす観葉植物。白とグリーンのまだら模様の葉が特徴的だった。

「とっても、綺麗、ですね！　それに、葉も大きいので、隠れ場所にも困らない、ですし」

「あら、よく調べてるのね。確かに、隠れ場所は必要だわ。気に入るかどうか、カメレオンたちを乗せてみる？」

「はい！」

亜希は飼育ケースから二匹のカメレオンを出し、二つのポトスの鉢に、それぞれ一匹ずつ乗せた。

カメレオンはしばらくじっと身を潜めた後、やがてゆっくりと動きはじめる。

「リラックス、してるように、見え、ますが……」

「そうね、私もそう思う。よかったら、持って帰って」

「ありがとう、ございます……！」

亜希と祥子は顔を見合わせて笑った。

それから二人はリビングに移動し、祥子が淹れてくれたコーヒーを飲みながら、のんびりとコノハカメレオンの様子を眺める。

ポトスに乗ったカメレオンは、蔓を少しずつ移動しながら、新しい環境を満喫しているように見えた。

「こっちがオスかしら」

「オスのほうが、よく動き、ます」

「求愛ダンス、見たことある？」

「は、はい……！　よく、見ます！　この二匹、とっても仲良しで……！」

亜希がそう答えると、祥子は興味深そうにオスを見つめる。

「いいなぁ。私、生で見たことないの」

「待っていれば、そのうち、見せてくれるかも、ですよ！」

「そう？　じゃ、少し眺めていようかしら」

「はい！」

生き物の観察には、焦らず待ち続ける気長さが重要だ。

祥子はそれをよく理解しているのだろう、カップに二杯目のコーヒーをたっぷりと注いだ。

すると、さほど待たないうちに、オスのカメレオンが突如、クルリと目を動かす。

「あ……、メスを、捜してるのかも、です」

「あら早速？　寂しがりやさんなのね」

事実、オスは隣の鉢にメスの姿を見つけるや否や、小さな前脚を動かし、蔓を渡りはじめた。

短い脚ではなかなか進まず、ときどき揺れる蔓にバランスを崩しながらも、メスの方へ向かう。

「もう少し、近くに、乗せてあげれば、よかった、ですね……」

「そう？　案外、向かう道中もワクワクするものじゃないかしら」

「そ、そういうもの、ですか……？」

「カメレオンの気持ちはわからないけど、恋ってそういうものかなって」

「恋、ですか……」

祥子からそう言われると、途端にオスが楽しげに見えてしまうから不思議だ。亜希はその姿をじっと見守る。

やがて、オスは蔓から葉へと不器用に乗り移りながら、ようやく隣の鉢に辿り着き、ついにメスの近くまでやってきた。

そして、ゆっくりと両手を上げ、体をゆらゆらと揺らす。

「あ、祥子、さん……！」

「求愛ダンスね」

その可愛らしい動きを見て、祥子は嬉しそうに笑った。

ただ、メスは相変わらずなんの反応もせずにオスを見つめていて、ちゃんと伝わっているのだろうかとハラハラしてしまう。

「それに、しても……、大冒険、ですね。こんな、小さな体で……。オスの気持ちが、報われたらいいのにって、思っちゃい、ます」

ふと呟くと、祥子も頷いた。

「そうね。ただ、私の勘だけど、心配はなさそう。動物ってシビアだから、嫌ならすぐに背を向けちゃうと思うし」

「なる、ほど……」

祥子の言葉には、説得力があった。

確かに、生き物はつがいとなる相手を決めるのに、人のように迷うことはほとんどない。

小さな生き物たちはとくに顕著で、受け入れるか拒否するかを、一瞬で決めることの方が多い。

どんな基準があるのかは謎だが、おそらく本能的なものなのだろう。

「じゃあ、相性は……、悪くないってこと、ですよね」

「ええ。……それに、こんなに一生懸命に傍に来てくれるなんて、とっても一途で私はおすすめだわ。たとえオスが餌を探しに遠出しても、安心して待っていられるでしょうし。……さすがに人間の基準と重ねすぎかもしれないけど」

「安心して……、ですか」

「だってこの子、このメスのことしか見えてないって感じがするじゃない？」

「たし、かに……」

亜希にとっては、カメレオンの珍しい生態の一部に過ぎなかった求愛行動が、祥子にそう言われた途端、やけにドラマチックな光景に変換される。

ただ、だとしても、亜希にはオスが不憫に思えてならなかった。

「……ですが、こんなに頑張ってる、のに……、同じだけ、返してほしいって、思わないのでしょうか……」

生き物たちにとって、なにより重要なのは、より優秀な遺伝子を残すことだ、と。

わかってはいるものの、ひとたび人間と重ねてしまえば、頭を過るのはそんな疑問だった。

真剣にそう言う亜希に、祥子は少し可笑しそうに笑う。

「どうかしらね。……でも、夢中になっているとき程、あまり考えないんじゃない？ ただ好きだとか、傍にいたいとか、シンプルな思いだけが、すべての行動理由になるときもあるでしょ？」

「傍にいたい、だけ……」

「そう。傍にいたいから、こんなに一生懸命なのよ。距離とか、どっちが会いに行くかなんて、きっとどうでもいいことなの」

やはり、祥子の話には妙な説得力がある、と。

亜希はやけに納得していた。

カメレオンを人に見立てた他愛のない遊びだが、祥子の言葉は、恋愛経験が乏しい亜希の心にも響く。――そして。

「だから、メスが逃げずに傍にいてくれるだけで、十分なのかもしれないわね」

「……」

仕上げのように放たれたその一言で、ここ最近ずっと混沌としていた亜希の心がスッと凪いだ。

頭の中に、ふと、よく知る笑顔が再生される。

「逃げないこと、だけで……、傍にいたいって、伝わって、ますか?」

「え?」

「……傍にいたい、って……、好きってことに、なり、ますか?」

突如質問を重ねた亜希に、祥子は少し驚いていた。

けれど、すぐに頷きを返す。

「私はそう思うけど」

そのとき、——突如、インターフォンが鳴り響いた。

亜希はたちまち我に返り、熱を持った頬を両手で仰ぐ。

祥子は少し待っていてと言い残し、玄関へ向かった。

残された亜希は、ふたたびカメレオンに視線を向ける。すると、二匹のカメレオンは、いつの間にか同じ蔓の上で肩を寄せ合っていた。

その光景はあまりに微笑ましく、つい頬が緩む。——そのとき。

「亜希先生」

背後からいるはずのない人の声が聞こえ、亜希は勢いよく振り返った。

部屋の入口に立っていたのは、手塚。

亜希は驚き、目を丸くする。

「……て、手塚、くん」

「携帯に連絡したんですけど、気付かなかったみたいですね。祥子さんの家だって聞いてたので、きっと動物たちに夢中なんだろうなって思ってましたけど」

そう言われ、ポケットに入れっぱなしだった携帯を確認してみると、手塚からのメッセージの通知が三件届いていた。

「す、すみま、せん……！」

「全然。たまたま早く切り上げられたので、病院で待ってようかとも思ったんですけど、来ちゃいました。……でも正解だったみたいですね。なんだか、荷物が多そうだし」

手塚は、テーブルの上に載せられた、飼育ケースとポトスの鉢を見ながら苦笑いを浮かべる。

亜希はいまだ驚きが収まらず、手塚をぼんやりと見つめた。

すると、祥子が意味深に微笑み、亜希にそっと耳打ちする。

「まるで、カメレオンみたい」

その意味を理解した瞬間、顔の熱が一気に上昇した。

手塚はこてんと首をかしげる。

「亜希先生、そろそろ帰ります……？」

「は、はい……！」

いまだ目を泳がせている亜希に、祥子はいたずらっぽい笑みを浮かべていた。

亜希は居たたまれず、慌てて立ち上がって祥子にお礼を言い、カメレオンたちを飼育ケースに戻す。

「お、おじゃま、しました……！」

「今度は是非、二人でね」

別れ際まで意味深に笑う祥子を人が悪いと思いながら、亜希は手塚と一緒に祥子の家を後にした。


「――祥子さんの家の、温室、すごかった、ですよ。熱帯の植物が、たくさんあって……」

帰り道、ようやく落ち着きを取り戻した亜希は、井の頭公園を通り抜けながら今日の出来事を手塚に話した。

「本当にすごいですよね、祥子さん。なにをやっても本格的っていうか」

「そう思い、ます……！」

手塚はといえば、当たり前のように大量の荷物を持ってくれ、亜希が半分持つと言っても聞いてくれなかった。

せめて手塚の荷物を代わりに持とうと、なかば無理やり肩から抜き取ったリュックはずっしりと重く、亜希は驚く。

「て、手塚、くん……、これ全部、学校に持って行ってるん、ですか……？」

「ああ……、今日はちょっと多いです。慌てて帰る支度をしたので。パソコンやら資料やら、手当たり次第に詰め込んで来ちゃいました」

「そんなに、急いで……、来てくれたん、ですね」

「亜希先生のことだから、荷物が多そうだなと思って。おまけに祥子さんからいろいろ貰（もら）うって言ってましたしね。……ま、俺の予想では、この荷物にプラスでメロがいるかもって思っていたので、そう考えると少ない方です」

なんとなく、そうではないかと思っていたけれど、やはり手塚は亜希の荷物の心配をし、用事を早く終わらせてくれたらしい。

亜希は申し訳ない気持ちで手塚を見上げる。

「いつも、ご迷惑を、すみま、せん……」

「いやいや、勝手にやってるだけですから。俺、亜希先生がやたら逞しいことも知ってますし」

「ですが、余計な、心配ばかり……」

「そうじゃなくて。俺は早く会いたいだけです」

サラリと口をついて出たその言葉に、亜希はいつも通り硬直した。けれど、――なぜだかそのときは、いつものように激しく動揺することはなかった。

思い出すのは、鉢から鉢へと必死に蔓を渡ったカメレオンの姿。

人間の恋愛模様と重ねた祥子の言葉が、ふと頭に浮かぶ。

「……祥子さんが、カメレオン、みたいって……、言って、ました」

「え？　……あ、俺のことですか？　正直、俺もこの二匹を見るたびにそう思ってました」

「……思ってたん、ですか」

「はい。暇さえあれば近くに行っちゃう感じとか」

こんなに一生懸命に傍に来てくれるなら、安心して待っていられると、祥子は語った。

あのとき亜希は、密かに自分を重ねながら、確かにそれは幸せなことかもしれないと思った。

現に、好きだと言われて以来、手塚は答えを要求するわけでも、なにか見返りを求めるわけでもなく、変わりなくいつも亜希の傍へ来てくれる。そして、亜希自身も、それをとても居心地よく感じていた。

しかし、今は、心のどこかで別の思いが小さく燻りはじめている。

「手塚、くん……」

その気持ちの正体が、亜希にはまだよくわかっていない。

なんだかじれったい気持ちを抱えて名を呼ぶと、すぐに、いつも通りの穏やかな笑みが向けられた。

その瞬間、――これまでになく強い感情が、心を揺さぶる。

急に足を止めた亜希を、手塚が不思議そうに見つめた。

「私は……、真ん中、まで……、行きたい、です」

「はい？」

「……鉢の、真ん中、まで」

「えっと……、鉢？」

口をついて出たのは、あまりにも説明が足りないけれど、亜希の本音だ。

いつも察しがいい手塚も、ポカンとしたまま首をかしげる。

ただし、それを説明する勇気が、今のところ亜希にはない。

「……真ん中、で……、待ち合わせ、し、しましょう！」

つい語気が強くなったのは、照れ隠しだ。

それだけは、どうやら手塚にも伝わったらしい。可笑しそうに笑いながらも、結局は頷いてくれた。

亜希はほっと胸を撫で下ろし、ふたたび歩きはじめる。

なぜだか、地面がいつもよりもふわふわしているように感じられた。

自分の思いを言葉にするのはこんなにも難しくて勇気がいることなのかと、手塚の横を歩きながら、亜希は改めて思う。——しかし。

「まぁ俺は別に、どこでも行きます」

まるで、おまけのように口にした手塚の言葉で、亜希の頬はふたたび熱を上げた。

そして、——この人には永遠に敵わないだろうと、しみじみ感じた。

第一章　飛ばないムクドリ

世界には、動物の保護に関係するボランティア団体が数多く存在する。

もちろん日本にもたくさんあり、ひと言で保護といっても、その目的は多岐にわたる。

世間でよく知られているのは、飼い主のいない、または失ってしまった動物たちの里親探しや、飼育をするボランティア。それらは、メディアでもたびたび取り上げられる。

しかし、種類は他にもまだまだあり、たとえば救助犬の派遣に関するもの、保護施設での飼育費用を募るもの、保護動物の現状を世の中に広めるために行う関連イベントの開催など、たくさんの団体が活動している。

その数はあまりにも多く、すべてを把握するのは難しい。

ただ、普段からさくらいホテルで動物を保護している亜希の元には、たびたびボランティアに関する情報が寄せられていた。

そして、亜希自身もまた、積極的に情報収集に努めている。

理由は、自分が保護した動物たちに、これから生きる上で最良の選択をしてあげたいという思いから。

ボランティアに相談して知恵を借りることもあれば、今や、逆に相談を受けることもあった。

そんな、ある日のこと。

「――野鳥救護ボランティア、ですか……」

さくらい動物病院に相談にやってきた女性が口にしたのは、亜希がこれまで耳にしたことのない活動内容だった。

「ええ。初耳ですか？」

「不勉強で、すみま、せん……」

「とんでもない。野鳥に関するボランティアは多いですし、愛好家の中にも知らない人はたくさんいますから」

女性の名前は、安森早苗(やすもりさなえ)。さくらい動物病院の近所に住む、専業主婦だ。

昔から野鳥の観察が趣味で、同好会にも所属しており、その活動の中で野鳥救護ボランティアの存在を知ったと亜希に話してくれた。

早苗から聞くところによると、その活動内容は、怪我で動けなくなった野鳥を保護し、自然に帰すことを目的に、一時的に飼育すること。

たとえば鳥の雛なんかは、飛び方を学ぶ段階で、巣からの落下をはじめ、衝突などによって怪我を負うことが多いらしい。

ただ、たとえ巣から落ちたとしても、親鳥が傍にいる場合は手出しすることはないという。

保護する判断基準は、あくまで怪我の程度が重く、親鳥に見放されてしまった場合のみ。

自然の摂理に従うことを前提としつつ、種の保護も考えて、人が手助けをすべきラインがきちんと引かれているらしい。

つまり、あまり手を出しすぎないことが重要なのだ。

そんな早苗が来院した理由は、保護されたムクドリについての相談。

そのムクドリは、井の頭公園で瀕死の状態で保護され、搬送された動物病院で処置を行った後、ボランティアを介して早苗の手に渡った。

迅速な対応が幸いしてか、ムクドリの傷は後遺症も残さずに完治し、すっかり回復した。――ものの。

少し困ったことが起きているという。

「飛ぼうとしない、ですか……」

「ええ。気を付けていたものの、完治までに少し時間がかかってしまったこともあって、人に慣れすぎてしまったみたいです……。できれば自然に帰してあげたいので、飛べるようになってほしいんですけど……」

雛たちは、親鳥から飛び方を教わって飛べるようになるが、そもそも空を飛んで生活する本能を持ち、巣立つまでの成長過程でその能力も備わっているため、親鳥から教わるのはあくまでコツに過ぎない。

しかし、巣立ちの大切な時期に飛ぶことをせず、早苗が懸念するように人に長く保護され懐いてしまうと、その感覚自体が薄まってしまう可能性もある。

「もしこのまま飛ぼうとしないなら、私がずっと可愛がってもいいと思ってます。野鳥なので通常は飼育は禁止されていますが、既にボランティアを通じて保護センターに相談をしていますし、準備はできているので。……ただ、その判断をするのはまだ早い気がして」

早苗が持ってきたケージの中では、手作りの寝床の上でふっくらと丸くなってくつろぐムクドリの姿があった。

確かに、警戒心はまったく感じられない。たとえ飛べたとしても、この状態で自然に帰すのは危険だろう。

こういった相談はこれまでに経験がなく、さすがの亜希にも、すぐには策が浮かばなかった。

ただ、亜希だからこそ試すことのできる方法が、ひとつだけある。

「あの、もし、良ければ……、私が、お預かり、しても……」

「え……？　亜希先生が……？」

それは、ムクドリとの会話を試みること。

小動物との会話は容易ではなく、上手くいく保証はまったくないが、やってみる価値はある。

「はい……。飛ぶための訓練を、考えてみようかな、と……」

「亜希先生がよければ、ぜひお願いします。……ときどき、様子を見にきてもいいですか……？」

「もちろん、です！」

会話を試したいという狙いはもちろん伏せながら、亜希はこうしてムクドリを預かることになった。

早苗が帰って行った後、早速、亜希は早速ムクドリと目を合わせた。

「飛べるように、なると、いいね」

話しかけると、ムクドリはキュッと小さく鳴き声を上げた。

ちょんちょんと跳ねながらケージの端までやってきて、驚く程無警戒に首をかしげる。

ところどころに白の混ざった濃いグレーの体、細く黄色いクチバシ、同じく黄色の脚。よく見かける鳥だが、こんなに間近で見たのは初めてで、亜希はその可愛さにたちまち心を奪われてしまった。

「だ、駄目……。自然に帰すんだから」

亜希は、抱き上げたい衝動を必死に抑える。今回ばかりは、保護動物と同じように接するわけにはいかないからだ。

一方、ムクドリは早くも亜希に心を許していて、構ってほしいと言わんばかりに、ケージの隙間からクチバシを出した。

「か、かわ、いい……」

どうやらムクドリは、すでに亜希が普通と違うことを察しているらしい。ただ、やはり言葉を発する気配はなかった。

「飛べるように、かぁ……」

「は、はい。……ただ、今のところ、まるで手乗り文鳥のように、懐いて、まして……」

診察時間後、いつも通りやってきた手塚に事の顛末を話すと、手塚も珍しそうにケージを覗き込んだ。

「手乗りムクドリ……。それは珍しいですね。ただ、正直、その早苗さんって方の元でこのまま飼育された方が、ムクドリにとっても幸せな気がしません……？　飛べたところで、群れに帰れるかどうかもわからないですし、なによりその方が安全じゃないですか？」

「……それも、考えたの、ですが……」

手塚が話す通り、一度、野生から離れてしまったムクドリを群れに返したところで、馴染めるかどうかはわからない。鳥の種類や帰すタイミングにもよるが、受け入れられないこともある。

おまけに、預かったムクドリはすっかり人に慣れてしまっているし、このまま早苗の元で飼育された方が、安全であること確実だ。

早苗本人もまた、それで構わないと話していた。

ただ、亜希には、それを簡単に決めることができなかった。理由は、「野鳥救護ボランティア」の目的を知り、心から共感したからだ。

「安全も、重要ですが……、なるべく、自然な状態で生きることが、一番だと思い、まして……。飛ぶ能力を、持ちながら……、このまま、守られて生きることが、幸せかどうか……、勝手に、決められない、です」

亜希は、心の中の迷いを必死に説明した。すると、手塚は少し考えてから、ゆっくりと頷く。

「なら、問題なく自然に帰れるよう、飛ぶ訓練をしてあげましょうか。その後、ムクドリに選んでもらいましょうよ。人の元で暮らすか、自然に帰るか」

「ムクドリに……？」

「はい。俺らは両方の選択肢を用意してあげるだけです。ムクドリが自分で選ぶなら、亜希先生が悩む必要ないでしょ？」

確かに、手塚の言う通りだった。

亜希はケージの中のムクドリと、そっと目を合わせる。

「ちなみに、今その子、なにか言ってます？」

「え……？」

「亜希先生なら、ムクドリの気持ちがわかるじゃないですか」

「手塚、くん……」

手塚が亜希の能力に気付いていたと知ったのは、ついこの間のこと。

普通ならとても信じてもらえないような話をあっさりと受け入れてくれた上、こうしてごく当たり前のようにさらりと提案するものだから、むしろ亜希の方が戸惑ってしまう。

ただ、初めてできた秘密の共有者の存在は、嬉しくもくすぐったくも、心強くもあった。

「鳥の声を、聞くのは、とても難しくて……」

何度か試したものの、今のところ一度も成功していない。

試しに亜希が集中してみると、ムクドリはちょんちょんとケージを移動し、亜希の前でこてんと首をかしげた。

その瞬間、――ふいに伝わる、かすかなイメージ。

予想もしなかった展開に、亜希は驚きながらも、慌てて集中を深めた。

伝わってきたのは、ムクドリの前に早苗がそっと餌を差し出す光景。

早苗のいかにも心配そうな表情から察するに、おそらく怪我の療養中の記憶なのだろう。

そのイメージからは、ムクドリの警戒心や恐怖心は、まったくといっていい程伝わってこなかった。

むしろ、早苗に対して完全に命を委ねているように感じられた。

続けて伝わってきたのは、ムクドリの傷の具合を診る獣医や、動けるようになってからの床の感触など、細切れの記憶。

その中に、自然での風景はひとつもなかった。

イメージが途切れると、亜希は手塚を見上げる。

「ちょっと、だけ……伝わり、ました」

「え……？　もしかして、ムクドリからですか？」

頷くと、さすがの手塚も少し驚いた表情を浮かべ、言葉の続きを待つ。

亜希は、イメージを順番に思い出しながら、溜め息をついた。

「いくつか、見せてくれました、けど……、親鳥の元にいた頃の、記憶は、ありませんでした。もしか、したら……、早苗さんの、ことを、お母さんだと思ってる、かもです」

「そっか……。……やっぱり、そうなりますよね。きっと大切にされてたんでしょうから」

「少し、難しいかも、ですね……」

伝わってきたものは、もはや野鳥としての本能は薄れかけているのではないかと、そう思ってしまうようなものばかりだった。

すると、手塚が亜希の肩にぽんと触れる。

「悩む必要ないですって。飛べるようになれば、野生の感覚を思い出すかもしれないですし。頑張って、この子に選択肢を用意してあげましょうよ。ってか、俺に任せてください。この子に飛び方を教育してみせますから」

「手塚、くんが……？」

「ま、やったことはないんですけどね。……ネットの情報と、あとは手探りでなんとか」

困ったように苦笑いを浮かべているけれど、手塚に言われると、本当になんとかなる気がしてしまうから不思議だ。

亜希は、深く頷いた。

「ほら、こうだよ。こうやって羽を動かして……、……ねえ、聞いてる？」

手塚による飛び方講習は、早速翌日の診察終了後からはじまった。

手塚は昨晩遅くまでネットで検索をしてくれ、学校でも情報収拾をし、——結果、ムクドリを模した自作の羽と帽子を用意して、飛び方の手本となるべくさくらいホテルで奮闘している。

「……手塚さんの長所ですよね。あんな風に、周りの目線をまったく気にしないところ。亜希先生に通ずるものを感じます」

優生はさくらいホテルを覗きながら、褒めているのか呆れているのかわからない感想を零した。

「一生懸命、だから……」

「知ってます。ですが、ムクドリを真似するなら、羽にはもう少し白班が必要ですね。クチバシも、もっと深い黄色の方が」

「……優生くん……」

なんだかんだ言いながらも、優生も気になって仕方がないらしい。

亜希はたまらず笑いながら、優生とさくらいホテルに入った。

「どう、ですか……?」

「怖がられてはいないようですけど……、なんだか、奇妙なものを見るような目で見られていまして……」

「ふふっ……」

「……気持ちはわかりますけど、笑いすぎですよ」

「す、すみません……」

手塚はわざとらしく亜希を睨みながら、自作のムクドリの帽子を亜希の頭に被せる。

作り物の鳥の羽が、視界の端でふわふわと舞った。

「即席にしては、よく揃えましたね。材料はどこで調達したのですか？」

優生は興味深そうに手塚の羽を観察する。

すると、手塚は少し得意げに、羽を上下に動かしてみせた。

「大学の演劇サークルが持ってた、古い衣装を改造しました。知り合いが掛け合ってくれて、譲ってもらったんです」

「衣装……、ですか」

「元は、羽でできたマフラーです。ドラァグクイーン役の衣装だったとか」

「なるほど、納得です……」

二人の会話を、亜希は微笑ましい気持ちで聞いていた。

優生の失踪事件以来、亜希は、なんとなくこの二人の関係性が少し変わったように感じている。

ちなみに、変わったのは主に優生の方だ。

そもそも、優生はこれまで手塚にあまり関心を持っていなかったし、たまに会話をしていても、二人の間には厚い壁が感じられた。

けれど、最近は、優生の方から手塚に話しかけることが多いし、なにかが吹っ切れたかのように、そこになんの躊躇い(ためら)も感じられない。

おそらく、自分がいない一ヶ月もの間、いろいろと病院のことをやってくれた手塚に恩を感じているのだろうと亜希は分析していた。

正解はわからないが、いずれにしろ、二人の仲がいいのは亜希にとっては嬉しいことだ。

ニコニコと二人を眺めていると、視線に気付いた優生が、少し気まずそうに壁の時計を見上げる。

「……動物たちが待っているので、私はそろそろ帰りますね。手塚さん、健闘を祈ります」

「はい、頑張りますね」

二人で優生を送り出すと、すっかり張り切った手塚は大きく羽を振り、亜希に笑みを向けた。

「亜希先生や優生さんはともかく、ムクドリの反応どうですか？　親鳥と思ってもらうのは難しいかもしれませんが、同じムクドリだって認識くらいは……」

「あ、えっと……ですね」

手塚は目を輝かせているが、答えはすでに出ていた。

ムクドリから伝わってくるのは、シンプルに、不思議な生き物がいるという興味のみ。怖がっていないことは幸いだが、今のところ、手塚の努力は報われていないらしい。

答えに困り目を泳がせる亜希を見て、手塚はそれを察したのか、残念そうに溜め息をついた。

「やっぱ、無理ありすぎか……」

「で、ですが！　興味は持っている、ので！　羽の動かし方は、真似してくれる、かもです！」

「……本当ですか？　気を遣ってません？」

「いえ！　全然！　人に慣れてることが、逆に幸いしてか……、悪い反応では、ないかと！」

「信じますよ……？」

手塚の少し拗ねた声に、亜希はたまらず笑った。

ただ、手塚に伝えたことは、決して嘘ではなかった。

雛は一番傍にいる存在を親鳥だと認識し、飛び方を習うという。

人間を親鳥だと勘違いさせることは無理だとしても、動きを真似して習得するという基本的な本能が備わっているぶん、希望がないとはいえない。

手塚は亜希の言葉を聞くと、ムクドリを前にして、ずいぶん長い時間、羽を動かしていた。

さくらいホテルには、手塚が動かす羽の音と、ムクドリのキュッという元気な鳴き声が響き渡る。一見すると奇妙な光景だが、穏やかな空気で満たされていた。

「――にしても、難しいですね、やっぱり」

「そう、ですよね……」

ムクドリを預かってからというもの、手塚は飛び方を教えようと、毎日試行錯誤していた。

しかし、まだ成果は得られていない。そんな、週末のある日。

亜希たちはメロとムクドリを連れ、井の頭公園に来ていた。

自然の中にいることで、野生の感覚を思い出すのではないかという手塚の提案により、昼前から張り切ってやってきた。――ものの。

ムクドリをケージから出してみても、亜希たちの傍を離れるどころか、ベンチの上で丸くなるメロの背中に乗り、すっかりくつろいでいる。

「微笑ましい姿ですけど、相変わらず警戒心がないですね……」

「確かに……。少し、不安です……」

自然界で生きる上で、警戒心がないというのは大問題だ。

カラスや野良猫に狙われることもあるし、この調子では、すぐに標的にされてしまう。

「やっぱこのままじゃどう考えてもマズイよなぁ……。危険な動物がいるってことも、理解してもらわなきゃな……。それがわからないなら、早苗さんに飼育してもらうしか……」

「そうです、よね……」

もはや、亜希も少しずつ、そう思いはじめていた。

飛び方を教えることに奮闘しながら、気付けばずいぶん日が経っている。気を付けてはいたものの、今や手塚にも亜希にもすっかり懐いてしまった。

こうなってしまうと、自然に帰すことが逆に酷に思えてならない。

しかし、手塚が言っていた通り、動物とは、たとえ生まれたときから人間の手で飼育されていたとしても、ふとした瞬間に野生の感覚を取り戻すことは決して珍しくない。

そう考えると、諦めるのはもう少し先でもいいのではないかと、どうしても希望を捨てられなかった。

すると、そのとき。メロがふいに耳をピンと立て、空を見上げる。

亜希と手塚が同時に視線を向けると、数羽の鳥が亜希たちの上をぐるりと旋回し、やがて木の枝に止まった。

『アキ、おなじ、鳥が』

亜希が気付くよりも先に、メロが呟く。

確かに、枝に止まったのはムクドリだった。

次々と鳴き声を上げながら、亜希たちを見下ろしている。

その様子は、仲間の存在を意識しているように感じられた。

「多分、……わかってますよね。この子のこと」

「そんな気が、します、けど……」

亜希はふと、メロの背中に乗るムクドリを見つめる。

感情はなにも伝わってこないけれど、不思議そうに首をかしげ、枝の上のムクドリたちをじっと見つめていた。

ほんのわずかだけれど、ムクドリの心は確かに反応していると、亜希は確信した。

「やっぱり……、もうちょっと、頑張りたい、です」

「野生の感覚を取り戻せそうですか？」

「わからない、ですけど……。もしか、したら」

「……亜希先生が言うなら、きっとそうでしょうね。……なら、もっと張り切って教えなきゃな」

亜希の頭からは、枝から仲間を見つめるムクドリたちの視線がしばらく離れなかった。それは、誘っているようでも、問いかけているようでもあった。

少なくとも、このムクドリが受け入れられる環境はある、と。そう確信した途端、自然に帰ることも選べるようにしてあげたいという亜希の思いは、みるみる強くなっていく。

「虫を、獲って、帰り、ましょう！」

「虫？」

「捕まえる、練習をする、ために」

「なるほど。餌も、自然での生活に近付けた方がいいですもんね」

張り切って腕まくりをする手塚に続き、亜希も草を掻き分けながら、小さな虫を探した。

地面に座り込んで必死に虫を探す二人の姿は異様だったのだろう、ずいぶん視線を浴びたけれど、亜希にとってはなんの問題もない。

そして、手塚もまた、周囲をまったく気にする様子もなく、虫を見つけては嬉しそうに亜希に報告した。

優生も言っていたけれど、思い返してみれば、手塚は出会った頃から周囲の目線を気にすることはなかったと、亜希はふと思う。とんでもない荷物を抱えて川や公園へ行き、かわうそやあひるを遊ばせて目立ったこともあったし、亜希が作るあまりに不格好なおにぎりを、毎日大学のキャンパスで食べたとも話していた。

この人は、そういう人なのだ、と。

亜希は虫探しに集中する手塚の姿を見ながら、改めて、この巡り合わせを奇跡のようだと感じていた。

「亜希先生？　捕まえました？」

「あっ……、すみま、せん……。さぼって、ました」

「駄目ですって、この子、結構食べるんですから。……ってか……、あそこ、見てください」

「え……？」

突如、意味深な笑みを浮かべた手塚が指差す先には、ハンゲショウの葉に止まる、大きなヒキガエル。

亜希はつい興奮し、声を上げそうになって慌てて口を押さえた。

「珍しい、ですね……！」

「やっぱり、亜希先生は絶対に喜ぶと思ってました。ほとんどの女の子は苦手って言いますけど」

「かわいい、です……。あの、なんともいえない、表情……」

「しかめっ面に見えません……？」

「そう、ですか？　……日向ぼっこ、気持ちよさそう、ですが」

「そうなのか……。全然わかんないです……」

手塚が零す優しい笑い声は、土や草の香りに満ちたこの環境と、不思議なくらいに馴染む。

聞いているだけで、心が満たされていくから不思議だ。

同時に込み上げてくるのは、手塚も同じだといいのにという気持ち。

ふと亜希の頭に浮かんだのは、家で留守番をしているカメレオンたちのこと。そして、真ん中まで行きますという、亜希の宣言。

自分は今、きちんと真ん中まで来れているのだろうかと、亜希はふいに不安を覚えた。

しかし、泥だらけになった袖を気にすることなく、嬉しそうにヒキガエルを眺める手塚の横顔を見ていると、そんな不安は立ち消えてしまった。

「亜希先生……？　なんか、ぼーっとしてます？」

「えっ！　……いえ、なんでも……」

手塚の問いかけで我に返った亜希は、慌てて首を横に振った。

そして、すでに探し終えた場所の草をもう一度掻き分けながら、必死に動揺を誤魔化した。


「――やっぱり、飛ぼうとしませんか……」

亜希たちの並々ならぬ気合いの一方、当のムクドリからは、それ以降も飛ぼうとする気配は見られなかった。

診察終了後にふらりと様子を見にやってきた早苗は、亜希たちの報告を聞くと、がっくりと肩を落とす。

「虫を捕るのは、上手く、なったんです、けど……。すみま、せん……」

「いえいえ！　そもそも私のせいですから……。これまで何度も野鳥の雛を保護して自然に帰してきたので、こんな事態は予想もせず……、配慮を欠いていたのかもしれません……」

自分を責める早苗を見ていると胸が痛み、亜希は慌てて首を横に振った。

「そんなこと、ないです……、動物のことは、たとえ専門家でも、難しいです、から……！」

「ありがとうございます。……だけど、思い返せばこの子は最初からとっても人懐っこくて……、正直、少しだけ不安を感じていたんです」

「あまり、考えすぎないで、ください。……それに、もし、早苗さんの元で、飼育されることになったなら……、それも、ひとつの幸せだと、思います、から」

「……そうなったら、私はもちろん歓迎しますけど……少しだけ、複雑です」

戸惑う早苗の気持ちが、亜希にはよくわかる。

ボランティアに関わるくらい野鳥が好きで、ありのままの生態を守ることを大切にしている早苗からすれば、人の手で飼育するという決断を、簡単にはできないのだろうと。

今回に関しては、その決断がとくに難しい。

ムクドリの体はすっかり回復して後遺症もなく、飛べるようになりさえすれば自然に帰すことも可能なのに、あまりにも人懐っこすぎるからだ。

これ以上、人に心を許してしまえば、もう野生で生きるのは困難だ。

早苗はムクドリを見つめながら、溜め息をついた。

「まだ諦めてはいませんけど……、ただ、ここだけの話……、もし私の元で暮らすなら、ようやく名前が付けられるんだなっていう気持ちもあります。これまでは、保護した鳥たちに名前を付けたことがなかったから」

その言葉で、亜希は目を見開いた。

亜希も同じく、保護動物に対して、名前を付けないようにしているからだ。

それは、いずれ里親の元で暮らす動物たちが、亜希に情を移しすぎないためだ。もちろん、亜希自身が自制する目的もある。

それが正解だったと強く実感したのは、メロを保護したときのこと。

手塚の計らいもあって家に迎え入れようと決め、初めて名を呼んだときの気持ちは今も忘れられない。

それは、新しい家族ができたことを心から実感した、言葉にならないくらい幸せな瞬間だった。

薄々そうではないかと思っていたけれど、早苗がムクドリに名を付けない理由も同じなのだと察し、亜希は改めてその愛情の深さを感じた。

「……心おきなく、自然に帰すため、ですよね」

「ええ。ちゃんとお別れができるように」

「私と、同じ、です」

亜希が笑うと、早苗も目を細める。

するとそのとき、手塚が口を開いた。

「二人とも、まだ悩むのは早すぎですよ。……これからの居場所は、ムクドリに選んでもらうんでしょ？　そのためには、とにかく飛べるようになってもらわないと」

「手塚、くん……」

「大丈夫ですって。ムクドリの衣装も日々バージョンアップしてるんですから」

確かに、手塚が手作りしたムクドリの帽子は、日々リアルさを増している。早苗はそれを見て可笑しそうに笑った。

手塚のモチベーションは、今も下がっていない。成果も決してゼロではなく、餌の獲り方が上達したことに関しては、手塚の努力の賜物だ。

残念ながら、今もムクドリから仲間だと認識されてはいないものの、根気よく教え続けたことで、今では自分で餌を探すようになった。

「頼もしいです。亜希先生の周りは動物好きばかりで、本当に安心だわ」

「頑張り、ますね」

力強くそう言うと、早苗は頷き、ムクドリに挨拶をして帰っていった。

残された亜希たちは目を見合わせて頷く。

「あとは、飛ぶことさえなんとかなれば、ですね。……もはや、俺が飛ぶしかないのかもって思いはじめてます。餌獲りの教育が思った以上に上手くいってしまっただけに」

「手塚、くんが、飛べば……、真似するかもしれません、けども……」

「ですよね。……なにか方法はないものでしょうか。大学に航空力学の専門家の知り合いがいる人とか、見つかんないかな……。でも、鳥みたいに翼をはためかせて飛びたいなんて言ったら、おちょくってると思われかねないですしね。話の切り出し方にはかなり注意を払わないと」

「あ、あの……、本気で飛ぼうと……？」

「……冗談に見えます？」

大真面目な視線を向けられ、亜希は申し訳ないと思いながらも、たまらず笑ってしまった。

手塚はいつも冷静だが、ごく稀に、亜希ですら驚く程の大胆なことを口にする。

「え、えっと……、素晴らしい、案ですが……、危険な予感がする、ので、一旦別の方法を……」

「……確かに。それに、時間もお金もかかりそうですしね……」

必死に頭を悩ませる手塚を見て、ふいに可愛いと思ってしまった自分に、亜希は戸惑う。

もちろん口には出せず、心の奥へと押し込めると、代わりに優しい気持ちが込み上げてきた。

手塚と一緒にいると、亜希の心の中は、いつも温かい。

たとえ危険だろうが、非現実的だろうが、ありとあらゆる方法を模索する姿には、惹かれずにいられなかった。

しかし、そんな手塚をもってしても解決策を見出すことはできず、ふと時計を見れば、時刻は二十時。

もうこんな時間だったのかと、亜希は慌てて立ち上がった。

いつもは、診察が終わるとすぐにメロを二階に迎えに行っているのに、今日はずいぶん待たせてしまっている。

「メロを、連れてきます……！」

「待ちくたびれてるかもですね。……ってか、お腹すきませんか？　俺、よければコンビニでなにか買ってきますよ」

そう言われ、亜希は食事がまだだったことに気付いた。

思えば、最近はムクドリのことばかりを考えすぎていて、いろいろなことが抜けてしまっている。

食事の内容もまた、コンビニ弁当をはじめ、簡単なものに頼りがちだった。

亜希はふと思いつき、手塚に視線を向ける。

「あの、よければ……、久しぶりに、私が、なにか作――」

「おにぎりですか?」

言い終えないうちにわかりやすく目を輝かせる手塚を見て、亜希の頬がたちまち熱を上げた。

「えっと、おにぎりが、良いなら……」

「やった……!」

その、あまりに素直な反応に、亜希はなんだか照れ臭くなり、慌てて手塚に背を向けた。

「で、では、作ってきます……!」

「なら、さくらいホテルで待ってますね」

「はい……!」

待合室を後にした途端、背後から小さく聞こえる手塚の鼻歌。

亜希はそのご機嫌な声を背に、急いで階段を上がり、キッチンへ向かうと冷凍していたご飯を解凍しておにぎりを作った。

さすがにこれだけでは足りないだろうと、ついでに玉子焼きを焼いて、買い置きのカップ味噌汁を手に取り、ふたたび階段を下りる。

「め、メロも、おいで……！」

メロを呼ぶと、メロは嬉しそうににゃぁと鳴き、亜希の後に続いた。

かかった時間は、二十分程。さくらいホテルの戸を開けると、嬉しそうな手塚と目が合う。

その表情を見た瞬間、亜希の心に突如、これまでに感じたことのない感情が広がった。

「……不思議、です」

つい思ったままを口にした亜希に、手塚はキョトンと首をかしげる。

「なにがですか？」

「……急に、不思議だなって、思いまして。こんな時間に、こうして……、人と過ごす、ことが」

「えっと……」

手塚はわずかに瞳を揺らした。

おそらく、あまりに唐突な言葉に戸惑っているのだろう。

けれど、亜希にとってその言葉は、ごく単純で素朴なただの感想だった。

両親はもうおらず、祖父の和明（かずあき）はフランスへ渡り、子供の頃から人とのコミュニケーションが苦手だった亜希は、こんな未来がくることを一度も想像したことがなかった。

誰かがさくらいホテルで自分のことを待っていて、一緒に食事をするなんて、数年前の亜希にとってはあり得ないことだ。

「……動物が、好きってこと、だけで……、他にはなにもなく、流されるままに生きてきた、ので……。自分の傍に、誰かがいる日常を、想像したことが、なかった、です。だから……、こんな時間を、過ごせるなんて、不思議だなって」

「あの……、いい意味、ですよね？」

手塚は少し不安げにそう尋ねる。

亜希は慌てて頷いた。

「も、もちろん、です！　……なんだか……」

幸せだ、と。

言いそうになって急に恥ずかしくなり、亜希は口を噤む。

手塚は安心したのか、亜希の手からおにぎりの皿を受け取りながら、笑みを浮かべた。

「流されるままって言ってますけど、俺は、全部、亜希先生が選んだ結果なんだと思いますよ。流されてばかりいると、いずれ疑問やら不安が生まれるものだと思いますし。……でも、亜希先生は、どんなときも迷いがないですから」

「私が、選んだ結果……、ですか」

「はい。で、あなたが選んだ道があまりに居心地がいいから、勝手に寄ってくるんです。動物たちとか、俺とかが」

冗談めかして言ったその言葉は、亜希の心に響いた。

なぜ、手塚がいつも欲しい言葉をサラリと口にできるのか、亜希には不思議でたまらない。

「……ってか、お腹すいたんで、食べていいですか？」

じっと見つめると、手塚は少し照れ臭そうに目を逸らす。

「は、はい……！」

手塚に急かされ、亜希はおにぎりの横に玉子焼きを並べ、カップ味噌汁の封を開けた。

「玉子焼きもあるんですか……！」

「……すごく下手、なので……、あまり見ないで、くだ、さい……！」

「ちょっとくらい焦げてても全然！」

「い、いえ、ちょっとでは……！　むしろ、食べられる、ギリギリのラインです……！」

「ギリギリのライン……」

さくらいホテルに、笑い声が響く。

亜希は、まだ冷めない高揚感に浸りながら、こんな日々がずっと続けばいいのにと思わずにいられなかった。

手塚が一緒なら、どんな困難に直面しても上手くいくような気がしてならない。

今回だって、あまり芳しくない状況の中、冷静さを保てているのはやはり手塚のお陰だ。

なんの変哲もないおにぎりを幸せそうに食べる手塚を眺めながら、亜希は、手塚の存在に心から感謝していた。

しかし――、それからさらに数日が経っても、状況は変わらなかった。

ムクドリはさらに成長し、いつまでもどっちつかずの状態にしておくわけにはいかず、亜希たちは決断を迫られていた。

もはや自然に帰すのは諦めて早苗に任せるという最終手段が、徐々に現実味を帯びていく。

そんな頃、――斬新な案を持ち込んだのは、手塚だった。

「これは、なんですか……？」

病院に来ていた早苗は、手塚が手に持ったものを見て、目を丸くした。

「ムクドリに見立てた、ドローンです」

手塚が手にしていたのは、小型のドローン。手塚が作ったムクドリの衣装と同じ、黒い羽が飾られている。

亜希は、ドローンの存在自体は知っていたものの、こうして実際に目にするのは初めてだった。

驚いたのは、想像以上に小さかったこと。

つい数年前にテレビで見たときは、小型と紹介されながらも、そう簡単に持ち運べるようなサイズではなかった。

けれど、手塚が手にしているのは、手のひらサイズ。見るからに軽そうで、プロペラも小さい。

「これ、大学の農学部で、牧場を効率的に見回りするために試用してたものなんですって。ただ、この機種は連続飛行時間が短すぎて断念したらしく、今は使ってないらしいので、借りてきました。これなら、飛び方を教えられるんじゃないかなって思って」

「な、なる、ほど……！」

亜希はその案に感心した。鳥に見立てるなら、これ以上適したものはないと。

早苗も珍しそうにドローンを眺めながら、深く頷く。

「すごいですね……。私もその様子を見に行っても……？」

「もちろんです。まぁ、いきなり上手くいくかどうかはわかりませんけど……、今から試してみようと思っていたので、一緒に行きましょう！」

その言葉を聞くや否や、亜希はすぐにムクドリのケージを抱えた。

そして、早速、三人で病院を出る。

向かったのは、手塚の大学。

手塚いわく、最近は申請せずにドローンを飛ばせる場所はかなり限られているらしい。

吉祥寺にも、そう多くはないという。

だから、大学の敷地を使えるのはとても幸運だった。

それに、手塚の大学は自然が多く、野生の鳥が集まる。ムクドリもよく見られるらしく、飛ぶ練習をするには最適だ。

大学に着くと、手塚は裏門から入り、亜希たちを案内した。

以前、亜希がミニブタの世話をしに通った動物たちの飼育エリアを横切り、さらに奥へ進むと、突如、がらんと広い場所に出る。

「ここは前まで古い倉庫があったんですけど、来年農場にするらしく、解体したんです。ドローンを貸してくれた学生が言うには、皆、ここでドローンの練習をしてるんだとか。広くてちょうどいいでしょ？」

「はい……！」

亜希は頷き、ケージからムクドリを出した。

ムクドリはちょんちょんと地面を歩き、亜希たちを見上げて小さく鳴き声を上げる。

「ちゃんと飛べるかしら」

早苗はムクドリの前で腰を落とし、心配そうに見つめた。

「ま、やるだけやってみましょう」

手塚は地面にドローンを置くと、早速コントローラーを操作する。すると、ドローンは、ふわりと浮き上がった。

「わっ……、すごい、ですね」

想像よりも安定しているその動きは、奇妙な生き物を見ているようだった。――しかし。

肝心のムクドリはかなり驚いたようで、ドローンが浮かぶや否や、あっという間に走り去り、亜希の後ろへ隠れる。

「……怖がってますね……。やっぱモーター音がちょっと大きいのかな。これでもかなり静かな方なんですけど……」

手塚はがっくりと肩を落とし、ドローンを高く浮かび上がらせてムクドリから離した。

「多分、驚いた、だけです……。もう少し、慣れれば、もしかすると……」

それは、決して手塚に気を使っての言葉ではなかった。

実際、ドローンに取り付けた羽が風に煽られてひらひらと動く様子は、鳥のように見えなくもない。

少なくとも、これまでに数々試してきた案の中では、群を抜いて可能性を感じられる。

「なら、少しずつ近付けながら、慣れさせせましょうか」

手塚は器用にコントローラーを操作しながら、ドローンをムクドリへゆっくりと近付ける。

ただ、ムクドリから伝わってくる緊張感は、徐々に強くなった。

「大丈夫、だよ」

亜希は背後のムクドリに、そっと声をかける。

ムクドリは亜希をじっと見つめ、まん丸の目を不安げに揺らした。

しかし。——ドローンを動かすこと、十分。その間、ムクドリがそれ以上ドローンに近寄ることはなかった。

手塚のドローンのバッテリーは、十分が限界だという。

一度予備のバッテリーに交換して実験を再開したものの、進展はないまま、みるみるタイムリミットは三分を切った。

手塚はムクドリの視界で地面から空へと飛び立つ仕草を繰り返しながら、深い溜め息をつく。

「……やっぱり機械じゃ難しいか……。いい案だと思ったんですけど……。もっと静かなやつ探してみるかな……」

「手塚さんがせっかく用意してくださったのに、すみません……」

「いえ……！　なんだかんだ、俺は考えるのを楽しんでますから」

時間切れが近付き、三人の間には諦めの空気が漂っていた。

すると、暗い雰囲気を察してか、突如、手塚がいたずらっぽい笑みを浮かべる。

「亜希先生も動かしてみません？」

「え……？」

「思ったより簡単ですよ。っていうより、最近のドローンはすごく操作が単純になったんです」

「で、ですが……、私は、こういうものは、苦手で……」

亜希は、基本的に機械全般が苦手だ。もちろん医療に関わるものは別だが、日常生活においては、家電すら上手く扱えない。

しかし、手塚は引かず、コントローラーを亜希の方へと差し出した。

「さっきも話しましたけど、これからの時代、ドローンを産業で利用することも増えるみたいですし、興味ないですか？」

「興味は、あります、けど……」

「ね。ほら、こっちで上下、こっちで方向を操作するんです」

なかば強引に渡され、亜希はゴクリと喉を鳴らした。

結局受け取ってしまったのは、わずかな好奇心から。

手塚が言ったように、無人化が進むこれからの時代、ドローンは人の生活にも大きく関わってくるという。

ネットで目にした情報によれば、世界はもちろん日本でも、配送などの実用に向けた実装実験が行われているらしい。

亜希は緊張しながら、コントローラーを握った。

「じゃ、俺は手を離しますね。操作するときは、そっとですよ」

「は、はい……」

しかし、手塚が手を離した瞬間、――ある意味想像通りと言うべきか、急にドローンの機体が不安定に揺れはじめた。

おそらく、亜希の緊張が、コントローラーを通じて伝わっているのだろう。

手塚が操作していたときとはまったく違う動きをしながら、かろうじて空中で止まっている。

「や、やっぱり、む、難し……」

「大丈夫ですよ、落ち着いてください。そんなに極端に動くことはな――」

しかし。手塚が言いかけた、そのとき、――亜希の目の前で、ドローンがグラリと大きく揺れた。

「お、落ちっ……」

まずいと思った瞬間、亜希の指には無意識ながらも力が入り、――突如、ドローンが猛スピードで亜希たちの方へと向かってきた。

「わぁっ……！」

「ちょっ……」

亜希の悲鳴が響いたのと、手塚が亜希の腕を引き寄せたのは同時だった。

ドローンは亜希の顔のスレスレを通り、すごい速さで通過していく。

そして、慌てて振り返った亜希の視線の先で、ドローンはガサッと大きな音を鳴らしながら鬱蒼とした草の中へ落下した、――瞬間。

地面からバサバサと音を立て、――ムクドリが、飛び上がった。

「えっ……」

「い、今の……」

一瞬、辺りがしんと静まり返る。

三人が見ていたのは、頭上の枝の上。そこには、ちょこんと止まるムクドリの姿があった。

「あの子……」

「飛びました、よね……？」

三人の視線が集中する中、ムクドリは何度教えても飛ばなかったこれまでのことが嘘のように、大きく広げた羽を平然と繕っていた。

その後、ムクドリは一段低い枝にちょんと飛び移り、亜希たちを見下ろす。

まったく危なげのない動きに、三人はただ唖然としていた。

「……ショック療法ってやつでしょうか」

「驚き、ました……」

長年、動物たちと関わってきた亜希にとっても、それは初めての経験だった。もはや諦めかけていたというのに、本能の持つ底力を感じずにはいられない。

するとそのとき、一番高い枝に、どこからともなく飛んできた一匹のムクドリが止まった。さらに、それが合図であるかのように、一匹、また一匹と、どんどんムクドリが集まりはじめる。

ふいに、早苗が小さく溜め息を零した。

「きっと、仲間たちですね。……このまま、自然に帰ることができるんじゃないかしら」

「……そんな気が、します」

早苗は、寂しげでもあり、ほっとしたようでもあった。

その気持ちが、亜希には痛い程わかる。

キッカケこそ事故のようなものだが、結果的にムクドリは飛ぶことができたし、早苗も、亜希たちにとっても、それが一番の望みだった。

別れは寂しいけれど、喜びや安心の方がずっと大きい。

ムクドリは、枝に止まったまま、しばらく大きな鳴き声を上げていた。まるで、再会した仲間たちに呼びかけているように。

「今回も亜希先生の快挙でしたね」

「……からかって、ます、よね」

「まさか、ドローンが襲ってくるとは」

「手塚、くん……」

手塚がいつもより明るく振る舞うのは、おそらく、早苗の心境を察してのことだろう。

早苗は、手塚の言葉に笑いながら、ムクドリをいつまでも見つめていた。まるで母親のような、優しい視線で。

やがて、ムクドリは枝を移動し、少しずつ群れに近付いていく。

仲間に囲まれてすっかり見分けがつかなくなった頃、手塚がほっと息をついた。

「……戻ってくる様子はなさそうですね。なら、巣立ち祝いしません？　駅前の、たい焼き屋さんで」

「いい、ですね！　早苗、さん……、一緒に、どうですか？」

「……私もいいの？」

「もちろん、です！」

三人はしばらくムクドリを見守った後、落下したドローンを回収し、大学を後にした。

亜希と手塚は間に早苗を挟んで歩きながら、ドローンの事故を話題にいつまでも笑った。

やがて、早苗の表情も少しずつ明るさを取り戻していく。

亜希は、そんな少し切ない空気の中、これまでに何度となく繰り返してきた、数々の別れのことを思った。

動物たちにとっての幸せとは、あるべき姿とはなにか。別れと出会いを繰り返しながら、亜希はときどき深く考える。

動物たちから、その答えを知ることはできない。

けれど、ただひたむきに生きるというそのシンプルな本能が、それ以上に深いことを教えてくれる。

「早苗、さんは……、たい焼き、どの味がお好き、ですか？」

「俺が当てます！　……うぐいす餡でしょ？」

「ふふ、鳥が好きだから？　ごめんなさい、つぶ餡なの」

「そこはうぐいす餡ってことにしましょうよ……。キャラ設定的にも」

「手塚、くん……」

ふたたび、明るい笑い声が響く。

余韻を残していた寂しさも、駅が近付く頃には、雑踏に紛れて消えてしまった。

＊

思いもしないことが起こったのは、それから数日が経ったある日。

「亜希先生」

手塚との散歩中、井の頭公園でバッタリ早苗と会い、亜希たちは、その足元に釘付けになった。

そこには、例のムクドリがいたからだ。

亜希と手塚は驚き、目を丸くする。

「え、あのっ……、そ、その子、も、戻っ……」

無事、自然に帰ったかと思いきや戻ってきてしまったのか、と。

上手く言葉にならない亜希の気持ちを察してか、早苗は首を横に振った。

「違うの。ときどき、戻ってくるんです」

「は、はい……？」

「こんなこと初めてだから、私も驚いたんだけど……」

早苗の話によれば、自然に帰った翌日以降、ムクドリは時折、早苗に顔を見せにくるらしい。ほんの数分で帰って行くということだが、こうして外を散歩しているときにも、姿を現すのだそうだ。

「仲間に馴染めないのかもしれないと心配したんだけど、……ほら」

早苗が見上げると、木の枝には、多くのムクドリが止まっている。まるで、早苗との挨拶が終わるのを待っているかのように。

「すごく珍しい、ですけど……、でも、なんだか面白い、ですね……」

「ええ。今も過剰に世話をするのはよくないという気持ちは変わらないですが、この子が他の人に警戒なく近寄っているところは見たことがないですし、最近は、これもこの子の選択なんだって思うようにしてます」

「確かに。……生き方は、ひとつじゃないですし……」

手塚が何気なく口にした言葉に、亜希は密かに納得していた。

人の手で可愛がられるか、あるべき場所へ帰るのか、亜希たちはムクドリにその二択を用意することで必死だったけれど、どうやら選択肢はもうひとつあったらしい。

「重ね重ね、動物って不思議だなって思いました。単純に見えるけれど、それぞれに心があって、個性もあるんだってことを実感したというか」

そう語る早苗の表情はとても優しく、亜希の心がふわりと温もる。

やがてムクドリは早苗の肩に飛び上がり、挨拶をするように一度鳴くと、仲間たちと飛び去ってしまった。

「また明日ねって言ってましたよね、多分」

「そうね。……私にもそう聞こえました」

手塚と早苗の微笑ましい会話を聞きながら、亜希も頷く。

亜希のように声を聞くことができなくとも、気持ちを知ることができなくとも、野鳥とこんなにも通じ合えるのだ、と。

それは動物を愛してやまない亜希にとって、大きな希望だ。

「……再会祝い、しま、せんか」

「名案です。たい焼きでしょ？」

「私も一緒にいいかしら？」

三人は笑いながら、駅に向かう。

背後から、ムクドリの鳴き声が聞こえた気がした。

第二章　黒猫の秘密

現在、さくらいホテルには、一匹の子犬が滞在している。生後二ヶ月程の雑種で、体はまだ小さいけれど、とてもやんちゃで元気がいい。

つい先日、小学校に迷い込んだところを子供たちに保護され、相談を受けた亜希が里親探しを申し出たといういつもの流れだ。

思えば、ここしばらくというもの、亜希の日常はやけにバタバタしていた。

けれど、今はすっかり落ち着いて、さくらいホテルの受け入れ態勢も整い、久しぶりに子犬を保護することになった亜希は、朝早くから張り切って散歩に出かけていた。

――けれど。

「待っ……！　そんなに、引っ張ら、ないで……！」

この子犬はあまりに力が強く、亜希の存在など知らぬとばかりに容赦なくリードを引き、亜希はたびたびバランスを崩した。

ただでさえ、散歩慣れしていない子犬を連れて歩くのは骨が折れるというのに、こうもパワフルだと、体力の消耗が激しい。

亜希は負けじとリードを引きながら、おそらく、この子はかなり大きく育つだろうと予想していた。

理由は、この力の強さはもちろんのこと、アンバランスに思える程の太い脚に、しっかりした骨格。

ちなみに、犬は基本的に、体が大きい程多くの運動が必要だ。

言ってしまえば、小型犬と大型犬では、違う動物だと言っても過言ではないくらいに育て方が違う。

つまり、里親探しをするときは、十分な散歩をしてあげられることが絶対条件となる。

「散歩が大好きな、里親さんを、探さなきゃ……ね」

ひとり言を零すと、子犬は亜希を急かすようにチラリと視線を向け、さらにリードを強く引いた。

「……その前に、もう少し、しつけが必要かも……」

亜希はいつも、里親が見つかるまでの間に、保護した犬に簡単なしつけをするようにしている。

無駄吠えを止めさせたり、「おすわり」や「待て」を覚えさせたりといったごく基本的なものばかりだが、今回は、あまりに奔放なリードの引き方に関しても考える必要があった。

都会ではとくに、車や歩行者が多い道を歩かざるを得ない。

つい最近まで自由に歩き回っていたのだから仕方のないことだが、このままでは、この子犬にも未来の飼い主にも危険が及ぶ可能性がある。

亜希はリードを短く持って歩き方を教えながら、ようやく散歩を終えると、さくらいホテルの前でほっと息をついた。

「窮屈かも、しれないけど……、狭い道では、我慢してね。今度、ドッグランに連れて行ってあげる、から」

『ごはん』

「……うん」

亜希は苦笑いを浮かべながら、ポケットからおやつのケースを取り出す。

それを見た子犬は、即座に亜希の前でおすわりをした。

「おすわり、すごく上手、だね」

「わん！」

「……吠えちゃ駄目、だよ」

亜希はおやつをひとつ取り出すと、子犬の前に置いて手をかざす。

「待て」

子犬は落ち着かない様子で亜希とおやつを交互に見ながら、亜希の手が下げられるのを待った。

待てを覚えたのは、ここ数日のこと。根気よく教えたことで、ほんの数秒程度だが、なんとか我慢できるようになった。

亜希は手をかざしたまま、子犬から一歩離れる。

そして、それでも動かないことを確認し、ようやく手を下げようとした、——そのとき。

亜希と子犬の間を、ものすごいスピードでなにかが走り抜けていった。

「なっ……！」

亜希はバランスを崩し、地面に膝をつく。

同時に子犬の集中も切れたけれど、足元にあったはずのおやつはいつの間にか消えていた。

子犬は地面をくんくんと嗅ぎ、それから亜希を見上げる。

『ごはん』

「えっ」

おそらく、目の前を過ぎ去っていった何者かに奪われてしまったのだろう。

しかし、慌てて周囲を見渡しても、それらしき姿はどこにもなかった。

『ごはん！』

「う、うん、わかってる、けど……！」

亜希は動揺が収まらないまま、慌てて代わりのおやつを取り出し、子犬に食べさせる。

それから、もう一度周囲を確認してみた。

数軒先の屋根の上から向けられる、鋭い視線に気付いた。

おそらく、猫だ。

見れば、毛足が長く、大きな金色の目が印象的な黒猫が、屋根の陰から亜希たちの方をじっと見つめていた。

「さっきのって、あなた、だったの……」

そうとわかった途端、亜希の動揺は収まる。

けれど、一方で違う疑問も浮かんでいた。

餌を奪うという行為から察するに、その猫はおそらく野良。

ただ、猫はそもそも賢く計算高く、街中に住む野良猫のほとんどは、人に要領よく懐きながら、各家庭で餌を分けてもらって気ままに生きている。

少なくとも、亜希に対してあれ程までに警戒を露わにする猫は珍しい。

ただ、その事情を知る方法はなく、亜希は少し気がかりを残したまま、子犬を連れてさくらいホテルへ戻った。

「——え、犬の餌を、盗られちゃったん、ですか……？」

似たような被害の情報を聞いたのは、その日の診察中のこと。

飼い犬の定期検診に来ていた女性が診察室でぽろりと零した愚痴に、亜希は思わず食いついた。

まさに今朝、亜希が遭遇した事件によく似ていたからだ。

「そうなのよ。犬用のペレットを、小分けの袋ごと。いつの間にか勝手口から侵入して、あっという間に持って行っちゃったの。猫って本当に気配がないから全然気付かなかったのよね」

「それは、驚き、ますよね……」

「最近のあの子は、性格が変わっちゃったみたいに荒くて」

「あの子……？」

まるでよく知る猫のことを語るような言い方に、亜希は首をかしげる。

すると、女性は困ったように笑いながら、続きを口にした。

「うちの周囲では有名な野良猫なのよ。もともとそんなに愛想がいい方じゃないんだけど、素っ気ないと逆に懐かせたくなるじゃない？　だから、近所のたくさんの家庭で可愛がられていたみたい。ご近所さんと話していると、うちの餌は食べたとか、庭に入ってきたなんて話題がよく出ていたの」

「なる、ほど……。あの、ちなみに……、黒猫、でしょうか」

「ええ。毛が少し長めの、かわいい子よ。金色の目がくりっとして」

その特徴は、亜希が今朝見かけた猫と同じだった。

餌を盗むという共通点から考えても、そう考えた方が自然だ。

「……でも、さっきも言ったけど、最近はおかしいのよ。近寄ると威嚇されるし、怖がってる人も多くて」

その話を聞いて、亜希はふと考え込んだ。

急に性格が荒くなったとなると、たとえば暴力を受けたとか、怪我をしていることなどが推測できる。

ネガティブなことを思い浮かべて黙り込んでしまった亜希の肩に、女性がそっと触れた。

「ま、一時的なものだと思うけど。……そのうちシレッと餌をねだりにくるんじゃない?」

「そうだと、いいですが……」

不安だが、猫は確かに気まぐれだ。

亜希は、そうであってほしいと願いながら、ひとまず女性に頷き返した。

しかし——亜希の不安をさらに煽ったのは、その日の診察時間後のこと。

手塚と一緒に子犬の散歩をしながら、今朝の出来事や女性から聞いた話を報告していると、手塚が思わぬ反応をした。

「その子……、俺も知ってる猫かもしれません」

「えっ……!」

「同じ特徴の猫が、大学にもよく出没するんです。……確かに、最近様子が変かも。なんだかビクビクしてるし、動物たちの餌をやたらと盗むし」

同じ猫による被害の話を一日に二度も聞くというのは、そんなに一般的なことではない。

亜希は驚き、つい足を止めた。

「と、いうか……、そんなに有名な、猫さん、だったんですか」

「有名っていうか、名物っていうか。ずいぶん前からいますからね。とはいえ、前はもっぱら大学の周辺でしか見かけませんでしたけど……、きっと、さくらい動物病院の辺りまで行動範囲を広げたんですね」

「だから……、私には、面識のない子だったん、ですね」

考えてみると、病院で黒猫のことを教えてくれた女性も、手塚の大学の近くに住んでいる。

手塚が言うように、最近になって行動範囲を広げたのだとすれば、目的はおそらく食べ物の確保だろう。

亜希はなんだか心配になって、ぼんやりと考え込んだ。

手塚は子犬に引っ張られてバランスを崩しながら、慌てて振り返って亜希を呼ぶ。

「ちょっ……、亜希先生、早く……！」

「す、すみま、せん……！」

亜希が急いで手塚の横に並ぶと、手塚はリードを短く持ちながら、苦笑いを浮かべた。

「この子のしつけは少し骨が折れそうですね。腕が鳴ります」

「とっても元気、ですよね」

「でも、大丈夫ですよ、俺、しつけ得意ですから。それに、亜希先生はきっと猫のことで頭がいっぱいでしょうし」

「えっ……」

「なんとか保護できる方法はないかって、考えてるでしょ？」

あっさりと心を読まれ、亜希は驚き手塚を見上げる。

すると、手塚は可笑しそうに笑った。

「俺、亜希先生の考えてることはだいたい想像できます」

「そんなに、顔に……！」

「出てますね。むしろ言葉で聞く以上に出てます」

「えっ……」

「でも、できれば、言葉で聞きたいですけどね」

それは、やけに心に刺さるひと言だった。

手塚は、ふたたび立ち止まりかけた亜希の腕を咄嗟に掴む。

「止まっちゃ駄目ですって。この子超速いんですから」

「て、手塚、くん……！」

「はい？」

「で、できれば、猫さんを、保護したいと……、考えて、ました！」

「いいですよ。協力します」

即答され、亜希は面喰らった。

手塚は亜希の考えを完璧に推測するだけでなく、協力することまで想定しているらしい。亜希はなんだか気恥ずかしくて、手塚から不自然に目を逸らした。

「こ、この子……っ、おすわりと、待ては、上手、でして……！」

「もう覚えたんですね。賢いじゃないですか」

会話を続けながら、手塚は少し意味深に、けれど満足そうに笑う。

この人の前ではどんな誤魔化しも意味がない、と。

亜希は少し悔しい気持ちを抱えながらも、心の奥の方では、不思議な心地よさを覚えていた。


黒猫と再会したのは、翌日の朝。

子犬の散歩を終えた後、さくらいホテルの前でいつも通りにおやつをねだられながらふと辺りを見渡すと、さくらいホテルの陰に身を潜める黒猫の姿があった。

金色の目を亜希の手元に向け、まっすぐに狙いを定めている。

亜希は子犬におやつをひとつ食べさせた後、手におやつを載せ、黒猫へそっと差し出した。

「……おいで。ごはん、あげる、から」

しかし、警戒心が強い黒猫に、近寄ってくる気配はない。

その目から伝わってくる感情は、強い焦りのみ。

「どうし、たの……？」

声をかけてもそれはまったく揺らがず、ただひたすら亜希の手のおやつに集中していた。

亜希は地面におやつを置き、ふたたび様子を見守る。

一般的な野良猫は、食べ物を目の前に差し出されたとしても、人の視線があるうちは身動きをしない。

しかし、つい昨日の朝、黒猫は亜希と子犬の間を通過しておやつを盗むという、かなりの危険を冒していた。

よほど切羽詰まっていなければ、そんな行動は取らないはずだ。それを肯定するかのように、黒猫から伝わる緊張感は、おやつを置いた瞬間から格段に増した。

「なにも、しないよ……？」

ほとんどの動物は、亜希が見つめた瞬間にあっさりと警戒を解いてくれるのに、今回はそうはいかないらしい。

あまり刺激しすぎるのはよくないと、亜希は目を逸らし、立ち上がって子犬のリードを引いた。――そのとき。

「ワンワンワン！」

突如、子犬が激しく吠えた。

亜希が驚いて足元に視線を向けると、黒い影が、視界をすごい速さで横切っていった。

ついさっき地面に置いたおやつは、すでにそこにはない。

おそらく、動き出した子犬に餌を奪われてしまうと焦った黒猫が、危険も顧みずに飛び出してきたのだろう。

それは、黒猫の持つ食べ物への強い執着を目の当たりにした瞬間だった。

ただ、亜希がわずかな違和感を覚えたのは、黒猫の体格が特別痩せているように見えなかったこと。

かなり飢えているならば危険を冒すのもわかるが、現時点ではそこまでとは思えない。

とはいえ、全身が黒い上、毛足が長い猫は体のラインがわかり辛く、ほんの一瞬見ただけでは判断が難しい。

亜希は黒猫が消えていった方をしばらく眺め、深い溜め息をついた。

「仲良く、なりたい、けど……」

「わん！」

子犬がタイミングよく返事をくれ、亜希は思わず笑った。

ただ、今日の感じからは、あまりポジティブに考えることはできなかった。

きっと長期戦になるだろう、と。

亜希はそう覚悟しながら、さくらいホテルに入る。——しかし、その日の夕方、早速亜希は、思いもしない事実を知ることになった。

「——この子の歩き方、少しは様になってきましたね」

「本当、ですか？」

さくらいホテルで子犬を保護しているときは、手塚のテンションがいつもよりも少し高い。

それは、手塚の犬好きを象徴する、もっともわかりやすい違いだ。

「最初は歩くというよりも、縦横無尽に暴れまわってたじゃないですか」

「そう、いえば……」

「あれはあれで可愛かったですけどね。ただ、これくらいになると、散歩もしやすくなります」

「とっても、成長が早い、ですね！」

近年、ペットとして飼育可能な動物の種類はかなり増えたけれど、人に対する従順さにおいて、犬に並ぶ動物はそうはいない。

動物をペットとして迎え入れたいと考えたとき、人への懐きやすさとしつけのしやすさを基準として選ぶ人は多い。そういう意味では、犬はトップクラスだ。

さくらいホテルで保護するほんの短い期間ですら、亜希はその成長の早さにいつも驚かされる。

ちなみに、今回は、里親探しに関してもいたって順調だった。

「そう、いえば……、小学校の、生徒さんが、この子を保護したいって言ってる、みたいで」

「え、そうなんですか？　この子って、確か小学校で保護されたって言ってましたよね？」

「はい……！　見つけて、くれた子の、一人だそう、です」

その話を聞いたのは、午前の診察が終わった後のこと。

小学校で飼育されているうさぎの様子を見に行ったときに、先生からその報告を受けた。

「へえ、いいじゃないですか。犬って子供が好きですし、この子もきっと楽しいですよ」

「はい！ ただ、この子はきっと、大きくなり、ますから……。家族でもっと、しっかり話し合ってから、決めると。なので、少し先かも、ですが……、改めて連絡を、くれるそうです」

里親が見つかることは、亜希にとってもっとも大きな喜びだ。

今回のように里親の家が近い場合は、貰われた後も会うことができるぶん、なお嬉しい。

もし決まったならば、いずれは子供と一緒に散歩する姿を見かけるかもしれない。想像しただけで、亜希の頬が思わず緩んだ。

しかし、――そんな幸せな光景を思い浮かべているときですら、頭の隅から離れないのは、やはり黒猫のこと。

ふとした瞬間、つい考えてしまう。

決して、野良だから不幸だと決めつけているわけではない。

最近は、野良猫たちが繁殖しないよう、ボランティアによって管理されている地域が増えたし、亜希自身、避妊や去勢手術に協力することもある。

そういった方法は、自由きままな猫と人が共存するための、ひとつの案だと思っていた。

ただ、問題の黒猫に関しては、気がかりなことがあまりにも多い。

人の家に侵入して食べ物を盗むのはもちろん問題だし、そうせざるを得ないくらい栄養を欲しているという事実はやはり心配だ。

やたらと警戒心を露わにしている様子から、ストレスの影響も気になる。

亜希は、なんとか救ってあげられないだろうかと思わずにいられなかった。

「――黒猫のこと、考えてるでしょ」

「えっ……！　あ……」

ついぼんやりしていた亜希は、手塚の言葉で我に返る。

頷くと、手塚は小さく溜め息をついた。

「あの黒猫、普段はどこでなにしてるんでしょうね」

「今朝も、病院の前で、見まして」

「子犬の餌、盗られちゃいました?」

「は、はい……。おやつを、すごい速さで……」

手塚は亜希の報告に笑いながらも、首をかしげる。

「やっぱ、食べ物が欲しいんだなぁ。よっぽどお腹が空いてるのかな……。そんなに痩せて見えなかったですけどね」

「そう、なんです……。私も、そう思って、ました。……なにか、事情があるような気が……」

「事情、か……」

つい立ち止まって考え込むと、突如、子犬が思いきりリードを引き、手塚はバランスを崩した。

「ちょっ……、止まって悪かったって! 落ち着いて……!」

「わん!」

手塚が咄嗟にリードを手繰り寄せたものの、子犬の興奮は収まりそうにない。

その、いつになく興奮した様子から察するに、なにか興味深いものを見つけたのだろう。亜希は、子犬が行きたがっている方向に視線を向けた。

すると、数メートル先にあったのは、木の陰に隠れるように設置されたベンチ。

数ある中でもひときわ暗い場所にあるそのベンチは、普段から、あまり利用者がいない。

しかし、子犬の視線はまっすぐにそのベンチに向けられている。

亜希は不思議に思い、しゃがみ込んで子犬と視線の高さを合わせた。——すると、ベンチの下にあったのは、金色に輝く二つの光。

それは、今まさに噂をしていた黒猫の姿で間違いなかった。小さくうずくまり、全身から強い警戒を滲ませて子犬の様子を窺っている。

「手塚、くん……！　あの子、です……！」

手塚はすぐに姿勢を下げ、目を見開いた。

「本当だ……！　こんなところにいたんですね……」

「ど、どうしま、しょう……！」

「保護したくても、さすがに今は難しいですね……。こっちは犬を連れてますし、とても近寄れません……」

確かに、手塚の言う通りだった。

事実、視線を浴びた黒猫はじりじりと後退をはじめ、すぐに背後の鬱蒼とした草の中へ姿を消してしまった。

ガサガサと走り去る音が、あっという間に遠ざかっていく。

「難しい、ですね……、あの子を、保護する、のは……」

「落ち込まないでください。亜希先生でも無理なら、できる人なんていません」

「そんな、ことは……」

手塚のフォローは嬉しいけれど、亜希の不安はもはや処理できないくらいに膨らんでいた。

亜希は、ついさっきまで黒猫が身を潜めていたベンチに近寄り、その周囲を注意深く確認する。

もしここを居場所のひとつとしているなら、近くに排泄物などの健康状態を知れるものがあるかもしれないと思ったからだ。

しかし、しばらく捜してもなにも見つけられず、最後にもう一度だけベンチの下を覗き込んだ、そのとき。

「これは……」

雑草にべったりと付着した黒っぽいものを見て、亜希の心には、さらなる不安が広がった。

慌ててハンカチを取り出し拭ってみると、それは赤黒く、少しねばついている。その色や形状からして、明らかに血液だった。それも、付着してからさほど時間が経っていない。

「どうしました……？」

動かない亜希を心配してか、手塚が亜希の傍でしゃがみ込んだ。

亜希が血液の付着したハンカチを見せると、手塚は目を見開く。

「あの子、怪我してるんですね……。だからあんなに警戒を……」

「で、ですが……、さほど、古い出血じゃない、です」

「なら、警戒心が強まったのは怪我のせいじゃないですね……。かなり無茶して餌を探し回っているようですし、その過程で傷を負ってしまったのかも」

「おそ、らく……」

出血の多さから考えても、黒猫は、体の動作に少なからず不自由があるだろうと考えられる。

そんな状態で、これまで通り無謀な餌探しをしていたら、もっと最悪な事故に遭いかねない。

とはいえ、あの様子では、やはり捕獲は困難だ。たとえば罠を仕掛けるなど、かなり強引な手段を選ぶ必要がある。

こんなときに限って黒猫との会話が成立しないことを、亜希は心から悔やんだ。

するとふいに手塚が亜希の肩に触れる。

「とりあえず、こっちで食べ物を確保してあげましょう。あまり探し回らなくていいように。それで、少しずつでも警戒を解いてくれるようになれば、保護できるかもしれませんし」

「そう、ですね……」

手塚の穏やかな口調のお陰で、亜希の張り詰めていた神経は、少しだけ緩んだ。

亜希は一度深呼吸し、手塚がくれた案に考えを巡らせる。

確かに、黒猫の安全をまず先に考えるならば、これ以上の無理をしないよう、十分な餌を与えるのも手だ。

「ひとまず、さくらいホテルの前に餌を置いてみるのはどうですか？　そうすれば、マメに状況を確認できますし。ついでにカメラを仕掛けておけば、黒猫が食べたかどうかもチェックできます」

「そう、しましょう……！」

こういうとき、冷静な手塚の存在はとてもありがたい。

亜希は、焦りは禁物だと自分を抑えながら、手塚に頷いてみせた。

病院へ戻るや否や、手塚は早速、大学へ向かい、使っていないカメラを借りてきてくれた。それは手塚の研究室で使用されているもので、本来は、飼い主が留守中に、ペットの様子を見守る目的で販売されているものらしい。

「便利、ですね……！　私も、二階用に、買おう、かな……。昼間は、メロがひとりぼっち、なので」

「いいですね。これ、結構使えますよ。バッテリー式なので場所を選ばないですし、録画はもちろん、アプリと繋げばライブ映像も観られるんです。さらに、映像だけじゃなく声も届くんですよ」

「す、すごい、です……！」

「ただ、あくまで部屋用なので、監視カメラみたいに赤外線機能がないんですよね……。黒猫の姿、ちゃんと映るかな……」

「餌の周りだけ、病院の外灯を、つけたままに、します！」

「なるほど。だったらいけるかも」

二人は早速、外に出て、餌を置く位置や、照明の角度を調整しながら、カメラを設置した。

餌箱に用意したのは、ささみのジャーキー。

黒猫は、おそらくどこか落ち着ける場所まで持って行って食べるだろうと予想し、咥えて運びやすく、日持ちするものを選んだ。

なるべく警戒させないよう、カメラは餌から少し離したが、もし黒猫がやってきたときには全身がきっちりと映り込むよう画角を調整した。

すべてのセッティングを終えると、手塚は「きっと上手くいきますよ」と言い残し、帰っていった。

その夜、亜希は黒猫のことが気がかりでなかなか眠れず、ベッドの中に入ってからも、しばらくライブ映像を眺めていた。

『アキ』

メロが亜希の胸元に潜り込み、喉を鳴らしながら亜希の名を呼ぶ。

「ささみジャーキー……、気付いて、くれる、かなぁ」

『おいしそうな匂い、する』

メロを撫でながら呟くと、メロはふたたびにゃぁと鳴いた。

「ここまで、匂うの？」

『うん』

「……なら、気付いてくれる、かもね。……でも、他にも野良猫さん、いるし……、ハクビシンとかも、いるし」

『ハクビシン、って、クロ？』

「あっ、井の頭公園の、クロ……、元気、かな」

亜希はふと、リク捜しでお世話になったクロのことを思い浮かべた。

街中で生きている動物たちは、独特な逞しさがある。

自然が減り、住処を追われた動物たちは、ときに害獣とされることもあるが、知能が高く、とにかく生きることに必死だ。

生への執着とは、すべての命が持つ本能であり、ハクビシンや野良猫たちに限ったことではない。

もちろん、黒猫も同じだ。

怪我を負っていてもなお餌を手に入れようとする必死な姿が、頭に張り付いたまま離れない。

亜希は黒猫の怪我を心配しながら、用意した餌に気付いてくれていることを願い、徐々に重くなりはじめた瞼をゆっくりと閉じた。

「――これ……、って、もしか、して」

衝撃の事実が判明したのは、翌朝のこと。

起きてすぐに外に出ると、餌は綺麗になくなっていた。

亜希ははやる気持ちを抑えられず、着替えもせずにパソコンで録画を確認し、――映っていた光景に、思わず息を呑んだ。

結論から言えば、黒猫は、映っていた。

それも、期待以上にはっきりと。

黒猫は餌にゆっくりと近付き、周囲を何度も確認しながら、ささみを咥えてあっという間に走り去った。

ただ、亜希がひっかかったのは、そこではない。

黒猫の、体型にだ。

横から移したカメラが捕えていたのは、――大きく膨らんだお腹。

黒猫は、妊娠している。しかも、おそらく出産が近い。

痩せて見えなかったのは、この大きなお腹のせいだったのだと、その細い脚や背中を映像で確認しながら、亜希の心にはこれまでにない焦りが広がっていた。

亜希はひとまず餌箱に新しいささみジャーキーを入れて待合室へ戻り、手塚に送るメッセージを作った。

取り急ぎ、妊娠しているようだと伝えると、ものの数分もしないうちに返信が届いた。

内容は、「だから栄養を摂ろうと必死だったのかもしれませんね」というもの。

確かに、その通りだった。

妊娠すれば、いつも以上の栄養が必要となる。

そして、もちろん生活環境や性格にもよるが、猫は出産前後に警戒心が強まり、近寄れない程に神経質になることが多い。

亜希は、気付くのが遅れたことを心から悔やんだ。これまで、たくさんの動物たちの妊娠や出産に立ち会ってきたというのに、どうしてその可能性が浮かばなかったのだろうと。

傷を負い、栄養不足の体では、出産のリスクは上がる。やはり捕獲を急ぎたいが、今、その手段はない。

急いで考えるべき問題は山積みなのに、答えが出ないまま、時間ばかりが過ぎていった。

しかし、平日の朝からいつまでも考え込んでいるわけにはいかない。

亜希は処理できない動揺を無理やり抑え込み、ひとまず子犬の散歩を終えると、診察の準備をはじめた。

やがて出勤してきた優生が、亜希を見るや否や眉を顰める。

「亜希先生……?」

「あっ……、えっと……、おは、よう」

「おはようございます。難しい顔をなさっていますが、どうしました?」

「……私、どうすれば、いいのか……」

亜希は、昨晩カメラを仕掛けたことや、黒猫が妊娠しているらしいことを、録画を見せながら優生に話した。

「――なるほど。それは気がかりですね」

「……お腹の大きさから、考えても、四、五匹くらい、生むと思う、けど……、栄養が足りてない、気がするし……、体力が、持つかなって……」

「猫は動物の中でも比較的安産ですが……、とはいえ、確かに少し心配です。保護して怪我の手当をし、もう少し栄養をつけ、安全な出産ができるよう手を尽くしたいところですけど、……この感じですと、数日中には生まれそうですね」

「やっぱり、そう、だよね……」

亜希としても、安全な出産のために、できることをすべてやってあげたいと思っている。

しかし、優生が言うように、もはや猶予はほとんどない。

無理やり保護しても、黒猫に余計なストレスを与えてしまうだろう。

亜希はなす術なく、頭を抱えた。すると、黙って考えていた優生が、ふいに顔を上げた。

「とりあえず、出産に立ち会うことができればベストですね。病院で介助できるならそれがもちろん一番ですが、この際、外でも構わないので、黒猫が普段から身を隠していると場所をいくつか特定して、定期的にチェックできれば……」

「そう、だね……。探して、みる」

身を隠す場所と言えば、まさに昨日、井の頭公園のひとけのないベンチの下で、黒猫を見かけたばかりだ。

けれど、一度見つかってしまった場所で出産するとは考えにくい。

ならば、今の亜希にできるのは、昨日見たような、黒猫が身を隠す場所をできるだけ多く見つけること以外になかった。

やがて診察開始時間が迫り、亜希は優生と話した内容を早速手塚に連絡して、診察室に入った。

いつ産んでもおかしくない黒猫のことを思うと気が気でなく、心はなかなか落ち着かなかった。

『みた。くろい猫』

「えっ……！」

『池の、とこ』

「ど、どこ……⁉」

新しい情報が得られたのは、午前の診察が終わる直前。

怪我をして病院へやってきたパグの処置をしていたときに、藁にもすがる思いで黒猫のことを尋ねてみると、パグはたどたどしくも、黒猫を知っていると言った。

亜希は、パグから伝わるイメージに集中する。

すると、まず見えたのは、井の頭公園。昨日とは別のベンチの下で、うずくまっている黒猫の姿があった。

「井の頭公園、だよね……！」

『とりの、とこにも、いた』

「鳥……？」

次に見えたのは、枝に止まる、目の周りに赤い模様のある鳥。アオゲラといい、井の頭公園ではよく見かける。

首をかしげ、パグを見下ろしているらしい。

「お友達、なの？」

『うん』

そして、パグが視線を動かした先に、ふたたび黒猫の姿。

また別のベンチの下だ。

どうやら黒猫は、周囲の気配によってベンチを渡り歩いているらしい。

井の頭公園はとても広く、時間帯によって人通りの多い場所は変わるため、そういう習慣がついたのだろう。

「お話ししたこと、ある？」

『ううん』

「そっか……」

この様子だと、黒猫は人だけではなく、動物たちにも心を開いていないことが予想できる。

そして、黒猫のお気に入りの場所は、想像以上にたくさんありそうだと亜希は思った。

思わぬところで目撃証言を得られたことは幸運だったけれど、焦りは募る一方だった。

とにかく、一刻も早く井の頭公園へ行き、黒猫が目撃された場所を確認しておこうと、亜希は午前の診察が終わると同時に白衣を脱ぐ。

「お出かけですか？」

「うん！　井の頭公園に！」

「黒猫のことですね。留守はお任せください」

「ありが、とう！」

亜希は優生に感謝しながら、病院を飛び出す。

道路に出るや否や誰かとぶつかりそうになって、亜希は慌てて立ち止まった。

「よかった、間に合った」

「えっ……！」

そこにいたのは、手塚だった。

学校を抜けてきたのだろう、カバンも持たず、ずいぶん身軽な格好で笑みを浮かべている。

「亜希先生のことだから、黒猫を捜しに行くんじゃないかと思って。昼休みに合わせて来てみました」

「付き合って、くれるん、ですか……？」

「もちろん。行きましょう」

「はい……！」

亜希は井の頭公園への道中で、パグから聞いた情報を手塚に話した。

井の頭公園内のベンチを次々と移動しているようだという話に、手塚は驚きつつも、感心していた。

「確かに、野良猫の習性通りですね。一日かけて縄張りを歩きながら、安全な場所を見つけると定宿にして長居するっていう……。それにしても、この辺りの猫は、やっぱり井の頭公園に集まるんですね。かなり広いですし、昼間でも場所によってはひっそりしていますし」

「はい……！　ちなみに、野良猫だけじゃ、なく……。リクのことを教えて、くれた、ハクビシンも、井の頭公園に、います」

「ハクビシンから聞いたんですか？　衝撃の情報元ですね……。でも、信用できそうだ……」

普通に考えればかなり奇想天外な話だが、手塚に疑う様子はない。

本当に信じてくれているのだと思うと、亜希は少し不思議な気持ちになった。

「ってか、言い方悪いかもですけど……、便利ですね、やっぱ。リクのことも、黒猫のことも、人からはなかなか得られない情報でしょうから」

「とっても、助かって、ます」

真顔で頷くと、手塚が小さく笑い声を零す。

やがて井の頭公園に着くと、亜希たちはまず先に、パグから聞いたベンチの場所を確認した。

アプリで井の頭公園の地図を表示し、目撃のあった場所をマークすると、それらはすべて井の頭池の北西側。

亜希たちが黒猫を見たのは北東側のベンチで、もう外が暗くなりはじめた時間だったから、おそらく、池の西から東にかけてが行動のルートなのだろう。

亜希たちはそれ以降の行き先を推測しながら池沿いに歩き、ひっそりとしているベンチを見つけては、その下をチェックして回った。

「夜になればさらに人が減りますから、これより西は全部要チェックですね。今日の犬の散歩のときにも、ベンチの下をしっかりチェックしましょう」

「はい……！」

黒猫の姿こそ見つけられなかったものの、短い時間で居場所の目星が付けられたことで、不安でいっぱいだった亜希の気持ちは少し落ち着きを取り戻した。

病院へ戻ると、手塚はまた夕方と言い残し、大学へと戻っていった。

心細いときは必ず傍にいてくれる手塚の存在に感謝しながら、亜希は、その後ろ姿が見えなくなるまで見送った。

午後の診察開始までは、二十分。

慌てて待合室に入ると、優生が同伴してきたオカメインコのぴよ次とメロが同時に亜希に視線を向け、鳴き声を上げる。

「た、ただいま！」

「おかえりなさい。どうでしたか？」

「黒猫さんが、いそうな場所が……、いくつか、あったよ」

「それはよかった。……ちなみに、無事出産に立ち会えたら、猫たちはどうするおつもりですか？」

「まだ、わからない、けど……、黒猫さんと子猫たちは、しばらく一緒に、面倒みたいな、って」

「それがいいでしょうね。親離れできるまで、しっかり時間をかけた方がよさそうです。子猫が育つとともに、次第に親猫の気性も落ち着きますしね」

「うん……！」

猫に限ったことではないが、あまりにも早く親から離してしまうと、成長した後もひどく寂しがりな性格になってしまったりと、潜在的な不安を持ち続けてしまうケースがある。

亜希としては、いつも、可能な限りそれを避けたいと思っている。

なにより、お腹の中の子を守るために必死に警戒し、かなりの無茶をして餌を探す姿を見てしまえば、できるだけ長く一緒に育ててあげたいと思わずにはいられなかった。

ただ、それも、無事に出産できたらの話だ。

亜希は午後の診察の準備をしながら、次々と過る不安がすべて杞憂であればいいのにと願った。

「――なかなか見つからないですね……」

診察終了後、いつもより早くやってきた手塚と、子犬を連れて井の頭公園を歩くこと、一時間。

予想はしていたけれど、黒猫の姿を見つけることはできなかった。

ちなみに、外に用意していた餌は、朝に新しいものを用意して以来なくなっていない。

その事実は、亜希の不安を少し煽った。これまでは、犬のおやつすら危険も顧みず奪いにきていたのに、と。

「怪我してますし、動くのが辛いのかもしれませんね……」

「はい……。それか、もしかすると、陣痛がはじまって、いたり……」

「……急いで回りましょう」

亜希は頷き、昼間にチェックしたベンチの下を片っ端から見て回った。

けれど、黒猫の姿はない。

ちなみに、今日の散歩には、万が一のことを考えて、往診セットとタオルやお湯まで用意している。

大きなリュックを背負って犬の散歩をする姿はひときわ目立ち、すれ違う人たちからはずいぶん注目を浴びた。

「手塚、くんまで、目立ってしまって……、すみま、せん」

「全然。そんなの気にしませんよ、俺は」

手塚の言葉に嘘がないことは、地面に這いつくばりながらベンチの下を確認してくれる姿から明らかだ。

亜希はそんな手塚に感謝しながらも、黒猫をなかなか見つけられないことに、徐々に不安を覚えたやがて、目を付けていたベンチも残すところひとつとなり、亜希は祈りを込めて下を覗き込む。

しかし、――残念ながら、やはり黒猫の姿はなかった。

「……いません、でしたね」

がっくりと項垂(うなだ)れる亜希の肩に、手塚がそっと触れる。

「……もう一周、回ってみませんか？　この子もきっと、まだ歩き足りないって思ってますよ」

「ありがとう、ございます……」

亜希は、ゆっくりと頷いた。――すると、そのとき。

突如、子犬がベンチの方へ走り出し、下を潜ってさらに奥へと向かう。

不意を突かれた手塚は、よろけながらも慌ててリードを引き寄せた。しかし、子犬に落ち着く様子はなく、ベンチの奥をまっすぐに見つめている。

「……なにかの気配を感じてるみたいですね」

「気配……って」

亜希はふいに予感めいたものを覚え、子犬と目を合わせた。

すると、子犬はクゥンと小さく鳴き声を上げる。

『匂い、する』

「匂い……？」

『しってる、匂い』

「知ってる、って……」

『あっち』

「案内、してくれる？」

手塚は亜希の言葉を聞くと、子犬のリードを緩めた。

すると、子犬はベンチの奥へ行き、クンクンと鼻を動かす。亜希はその後に続き、

――そして、目を見開いた。

「これ……って」

子犬が足を止めた場所の地面が、不自然にじっとりと湿っていたからだ。

手袋をつけて触れてみれば、うっすらと血のようなものが混ざっている。

破水だ、と。

何度も出産に立ち会った亜希は、そう確信した。

ただ、破水すれば通常なら間もなく子供が生まれるはずだが、――そこに、出産した形跡はない。

「手塚、くん……、多分、あの黒猫さん、ここで破水して、ます」

「え？　……でも、破水してから移動することってあるんですか？」

「危険を、察知した、ときは……、あり得なくは、ない、です」

「じゃあ、すでにどこかで産んでるか……、まだどこかで苦しんでるってことですか？」

「この様子から、見る限り……、破水してから、少し、時間が経って、ます……。出産は、終わっている可能性が、高いですが……、ただし、黒猫さんの、体力が、もっていればの、話で……」

説明しながらも、亜希の心の中にはみるみる不安が広がっていく。

亜希は子犬と目を合わせ、祈るように見つめた。

「おね、がい……！　匂いを追って、くれる……？」

すると、子犬はぴんと耳を立てる。

亜希の願いは伝わったらしい。子犬はすぐに、破水した場所で鼻をくんくんと動かしはじめた。

「すごい……」

手塚は目の前の出来事に圧倒されているようだった。

そのときの亜希に説明している余裕はなく、子犬の反応を、固唾（かたず）を呑んで見守るしかなかった。

やがて、子犬はぴくりと動きを止めると、亜希と目を合わせて誇らしげに尻尾を振った。

『あっち』

「ありが、とう……！」

亜希は無我夢中で手塚の手を引き、子犬が教えてくれた方向へ急ぐ。

ベンチを越え、腰まである柵を越えた一帯には、誰かに管理されているらしい植物が規則的に植えられ、立ち入り禁止という表示があった。

しかし、今だけは、それに従うわけにはいかなかった。

亜希は、注意深く辺りを見渡す。

しかし、黒猫の姿はどこにも見当たらない。

亜希はもどかしい気持ちで周囲をウロウロと一周し、人目につきにくい場所を探した。

すると、そのとき。

後を追ってきた手塚が、ふいに亜希の腕を引く。

「亜希先生……！」

手塚が指差す先にあったのは、低木がずらりと並ぶ垣根。

そして、その細い幹の隙間に、――黒猫が横たわっていた。

ついに見つけた、と。

ほっとしている暇はなかった。

黒猫は、遠目に見ても呼吸が荒く、ぐったりとしている。まさに今、子猫を産もうとしているのだろう。

亜希は駆け寄って膝を付き、垣根の下を覗き込んだ。

「黒猫、さん……！」

黒猫は、お腹を大きく上下させながら、辛そうに呼吸をしていた。亜希の呼びかけに、反応はない。

その姿を見て、亜希はすぐに違和感を覚えた。

ベンチの下の様子からして、破水してからかなりの時間が経過しているはずなのに、子猫の姿がどこにも見当たらなかったからだ。

つまり、黒猫はまだ一匹も産んでいない。

こういう場合、もっとも考えられる可能性は、最初に出てくるはずの子猫が、すでに死んでしまっていること。

出産には、親猫の力だけでなく、子猫の力も重要だ。

もし子猫が既に死んでいれば、産道で詰まってしまい、親猫はもちろん他の子猫たちの命も危険に晒される。

基本的に安産であることが多い猫だが、親猫の健康状態をはじめ様々な要因によって、こういう事態は当たり前に想定されることだ。

「大変……！」

亜希は慌てて垣根の下に両腕を突っ込み、黒猫に手を伸ばした。

しかし、ようやくその体に手が届いた瞬間、黒猫は突如、上半身を起こし、亜希の手を引っ掻く。

手の甲に細く走った傷から、じわりと血が滲んだ。けれど、いちいち怯んでいる時間はなかった。

亜希は威嚇する黒猫の体を、ゆっくりと手前に引き寄せる。

そして、ようやく垣根の下から引っ張り出すと、リュックを下ろして手早くビニールシートとタオルを敷き、黒猫の体を乗せた。

「亜希先生、手伝います……！」

手塚は既に子犬を柵に繋いでいて、手をアルコールで消毒しながら亜希の横に並んだ。

亜希は頷き、往診バッグを開いた。

「リュックの、中に、お湯と容器が入って、いるので……、子猫が、生まれたとき用に、準備を……」

「わかりました」

用意してきたお湯は、四十度。もし生まれた子猫が弱っていた場合、すぐに体温を上げるために用意したものだ。

かなり大掛かりな準備ではあったものの、亜希は黒猫の体をさすりながら、持ってきてよかったと心から思った。

「黒猫、さん……、手伝い、ますね」

亜希はもはや抵抗する気力もない黒猫の体を、腰から産道に沿うように優しく撫でる。

それは、子猫が詰まってしまった場合に最初に行う処置だ。誘導するようにマッサージすることで、無事に出てくる可能性がある。

これで出てこない場合は帝王切開となるが、さすがに今ここで手術ができる程の準備はない。

亜希は無我夢中で黒猫の体を撫でた。

黒猫は、タオルにぐったりと頭を預けている。

これ以上弱れば、いきむことができず、子猫は出てこられない。

亜希はもはや病院に運ぶべきかと、究極の選択を迫られていた。

考えられる方法は、二つ。

黒猫の体力にかけ、ここで出産させるよう介助を続けるか、または、病院に運んで帝王切開をし、子猫を取り出すか。

前者を選べば、上手くいけば親子とも救えるが、最悪の場合は両方を失う。

後者を選べば、設備は整っているし子猫をすぐにＩＣＵに入れられるが、移動に次ぐ手術と母体への負担があまりに大きく、黒猫を救える可能性が格段に下がる。

とても苦しい選択だが、亜希は獣医として、一刻も早く決断する必要があった。――そして。

「あと一分だけ、続けて……、出てこないなら……、病院に、運びます」

「はい……！」

亜希が選んだのは、後者。

獣医をやっていると、命に優先順位をつけなければならない瞬間に直面することが少なからずある。

苦しくとも、越えなければならない試練だ。

そんなときの亜希の判断の基準は、生きられる可能性のある命を、少しでも多く救いたいという思い。

迷っていれば、黒猫も子猫もみるみる命が削られていく。

亜希は限界のタイミングを見極めるため、黒猫の体温をマメにチェックした。

そして、黒猫の呼吸が徐々に弱まっていく姿を目の当たりにしながら、これ以上は無理だと判断した、そのとき。

突如、黒猫が、にゃぁと小さく鳴いた。

亜希は驚き、黒猫の顔に耳を寄せる。

「黒猫、さん……？」

聞こえたのは、小さな唸り声。すっかり弱っているというのに、黒猫はまだいきみ、必死に産もうとしている。――そして、そのとき。

突如、羊膜に包まれた小さな子猫が、スルリと産み落とされた。

「出て、きた……！」

しかし、――予想していた通り、最初に出てきた子猫は、残念ながらすでに息を引き取っていた。

羊膜を破って心臓マッサージをしても反応はなく、亜希はその体を拭いて、黒猫の傍に寄り添わせる。

黒猫は、苦しみながらもその小さな体を必死に舐めていた。

その様子はあまりに悲しく、亜希の目の奥はぎゅっと熱くなった。

しかし、まだ悲しんでいる場合ではなかった。

「詰まっていた、子猫が、出てきたので……、二匹目も、間もなく、出てきます……」

「病院に運びますか？」

「いえ……、黒猫さんが、頑張るって、言っている、から」

声は聞こえなかったけれど、黒猫は全身でそう伝えているようだった。

やがて、——最初の出産から二十分程で二匹目が生まれ、それから数十分おきに三匹目、四匹目と、合計四匹の子猫が次々と生まれた。

亜希はぐったりと弱ってしまった親猫の代わりに羊膜を処理し、続いて子猫の体を拭くと、黒猫の傍に寝かせた。

子猫は細い手足を必死に動かしながら、黒猫に寄り添う。

「まだ目も見えていないのに、親のことがわかるんですね……」

手塚の呟きが、心にじわりと広がった。

まさに命の奇跡だ、と。亜希は、言葉にできない気持ちを抱え、深く頷く。

そして、——四匹目の胎盤が出てきた後、亜希は新しいタオルを取り出し、そっと黒猫を包んだ。

「黒猫さん……、よく、頑張ったね……。病院に、連れて行く、から……、もう少し……」

けれど、黒猫に反応はない。

声をかけても、亜希におとなしく抱かれたままだった。

「急ぎましょう」

「……はい」

亜希は手早くその場を片付けると、リュックを背負って立ち上がる。

そして、黒猫と四匹の子猫をしっかりと抱き、ふたたび柵を越えた。

しかし。――急いで歩く亜希の胸の中で、黒猫の体温はどんどん下がっていった。

井の頭公園を出た頃には黒猫の呼吸がさらにか細くなり、亜希は立ち止まる。

「黒猫、さん……」

語りかけると、黒猫はうっすらと目を開けた。

なにかを感じ取ったのか、子猫たちが、ミィミィと小さく鳴き声を上げる。――そして。

『おね、がい』

たったひと言、切実な願いを残し、――黒猫の呼吸は止まった。

「え……、くろ……」

かすかに体を揺らしていた鼓動も消え、亜希の心がぎゅっと締め付けられる。

「亜希先生……？」

小刻みに震える亜希を見てすべてを察したのだろう、手塚が亜希の背中にそっと手を添えた。

亜希は、悔しさに下唇を噛む。

堪えていた涙が勢いよく零れ落ち、地面にシミを作った。

「……救えません、でした……」

手塚は、ゆっくりと首を横に振る。

「そんなことないです。……あなたがいたから、この子たちは生まれてこれたじゃないですか」

「それは、……黒猫、さんが、頑張ったから、です……。私は、本当に、なんにも……」

「亜希先生……」

これまで、どれだけの悲しい命を見送ってきただろうかと、亜希は思う。

そのたび自分の無力さを痛感し、後悔に苛(さいな)まれた。

こればかりは、どれだけ経験を積もうと慣れることはないし、きっと慣れてはいけないのだと、そう思ってただ耐えるしかない。

それ程までに苦しい思いを繰り返してもなお、亜希が先に進もうと思える理由は、ひとつしかない。

亜希の周りに、救うべき命がたくさん存在するからだ。

今だって、亜希の胸元で、小さな命が必死に生きようとしている。

「……私は……、この子たちを、絶対、守ります。……命をかけて、産んだ子、ですから」

黒猫は死ぬ間際、大切な子猫の命を亜希に託した。これまで一度も心を許すことのなかった、亜希に。

それがどれだけ切実な願いか、その事実が十分に物語っていた。

「声、聞こえたんですね」

「……たった一度、だけ」

黒猫が絞り出した言葉が、今も頭から離れない。亜希にとって、なにがあっても叶えなければならない願いだ。

すると手塚は、泣き続ける子猫の頭にちょんと触れた。

「お前たちは幸運だな。最初に出会ったのが亜希先生で」

そんなことはないと、いつもなら否定するような褒め言葉にも今は縋(すが)りたくて、亜希は手塚の肩に額を寄せた。

手塚の香りが、亜希の心をゆっくりと癒す。

亜希は悲しい気持ちを振り払い、手塚を見上げた。

「……戻らなきゃ、ですね。この子たちを、ＩＣＵに、入れます」

「はい。……行きましょう」

「この子たちは、絶対に……、幸せに、します」

手塚と頷き合い、亜希たちは病院に向けて足を踏み出す。

いつもは元気いっぱいな子犬が、なにかを感じ取っているのか、亜希を見上げてクゥンと泣いた。

病院に戻ると、亜希はひとまず子猫たちをＩＣＵに入れ、それから黒猫と、亡くなってしまった子猫をさくらいホテルに運び、体を綺麗に拭いてやった。

寄り添わせた二匹の姿はまるで眠っているようで、見ていると不思議な気持ちが込み上げてくる。

亜希がじっと見つめていると、手塚が横に並んで座った。

「頑張りましたね、この黒猫」

「はい。……本当に。もう、産む気力も、体力も、全然残っていなかったはず、なのに」

「母親は強いってよく聞きますけど……、改めて、あれって本当だったんだなって思いました」

確かに、母親の強さを亜希はよく知っている。

動物たちと深く関わる中で、彼らにとって子孫を残すことがいかに重要か、何度も実感した。

だから、黒猫の死は辛いけれど、あの状況で三匹の子猫が無事に生まれたことは、黒猫にとっても唯一の救いだったはずだ。

そう思うと、亜希の心の痛みは、ほんの少し和らいだ。

そのとき、ふいに手塚が立ち上がる。

「ささみも傍に並べてあげましょうよ」

向かったのは、餌を置いてある棚。

手塚はささみジャーキーを手にすると、黒猫たちの枕元に置いた。

「きっと、喜びますね」

「あと……、名前、付けません？」

「え……？」

それは、思いもしない提案だった。

手塚は驚く亜希に、穏やかな笑みを浮かべる。

「保護できたら、親子ともどもしばらく面倒を見てあげるつもりだったんですよね？

だったら、家族じゃないですか」

「……」

「家族なら、名前、いるでしょ？」

「そう、ですね……、いりますね……！」

あまりに温かい提案に、亜希は涙を堪えることができなかった。

何度も頷くと、手塚はさらに笑みを深める。

「どうします？　かなり逞しく生きてたからなぁ。強そうな名前がいいんじゃないですか？」

「で、ですが、女の子、ですし……」

「確かに。俺、ネーミングセンスないんだよなぁ……」

手塚は、腕を組んで真剣に考え込む。

亜希はその横顔を見つめながら、手塚がいつも以上に明るく振る舞ってくれることに感謝していた。

するとと、なにかを思いついたのか、手塚がふいに視線を上げる。

「そういえば、桜井家はフランス語の名前をよく付けますよね」

「おじい、ちゃんが……、フランスかぶれ、でしたので……。図らずも、私も多少、影響を受けていますが……」

「ちなみに、月ってフランス語でなんて言うか知ってます？」

「月……？」

「子供っぽいかもですけど、この子は空に還ったって考えるのはどうかなって。黒い毛に金色の目が光る感じとか、まさに夜空に光る月みたいでしたし」

「たし、かに……」

亜希の親代わりだった祖父の和明は、獣医という仕事柄か命にシビアで、死というものを美しい物語に置き換えたりすることはなかった。

あくまで、救うことが自分の努めだという強い信念があったからだろう。

しかし、今の亜希にとって、手塚の話は救いだった。

「素敵、ですね。月は……、リュヌ、です」

「綺麗な響きですね。決まりじゃないですか？」

「いいと、思います。子猫の方は……」

「母親が月なら、やっぱ星かなぁ」

「手塚、くん……、なんだか……、ロマンチスト、ですね」

「……いじってます？」

「い、いえ！　……星は、確か……エトワール、です」

「いい感じじゃないですか」

こうして、亡くなってしまった猫の親子の名前が決まった。

星と月を由来したこともあり、無事に生まれた三匹を空から見守ってくれているような気がして、亜希の悲しみは少し和らいだ。

そして、亜希は、黒猫が口にした「おねがい」という切実な願いを胸に、託された子猫たちの幸せを誓った。

＊

リュヌとエトワールが亡くなってから、三週間。

子猫たちはいたって順調に育ち、目もしっかりと開いた。

歯も生えはじめ、餌はスポイドで与えるミルクから、ふやかしたペレットへと替わった。

ここまでくればようやく一段落といえるが、まだしばらくは慎重な飼育が必要となる。

ちなみに、ＩＣＵから出て以来、主に子猫たちの世話をしているのは、亜希ではない。

「……メロ。どう……？」

『だいじょうぶ』

子猫たちの母代わりとなったのは、メロ。

きっかけは、子猫たちの鳴き声に気付いたメロが、やたらとソワソワしていたこと。

引き合わせてみれば、当然といえば当然だが、これ以上ないくらいの適任だった。

メロは言葉が通じるぶん、子猫たちの小さな変化もすぐに伝えてくれる。

子猫たちもすっかり心を許し、いつもメロのお腹に寄り添い、安心しきった様子でぐっすりと眠っていた。

さらに――、思いもしなかった展開が、もうひとつ。

「――え、ミィちゃんの子供なら、一匹うちに譲ってくれない……？　いつもベランダに来るのを楽しみにしていたの」

「ミィちゃん……？」

「あの黒猫のこと、うちではそう呼んでいたのよ。素っ気なかったけどそこが可愛くて、いつかうちで保護したいって思ってたの。……最近来ないと思ってたら亡くなっていたなんて……」

「そうだったん、ですね」

そんな反応は、一つや二つではなかった。

以前にも患者さんから聞いてはいたけれど、リュヌは想像以上に多くの家庭でいろんな名前を付けられ、とても愛されていたらしい。

リュヌの性格上、特定の誰かに懐くことはなかったようだが、その知名度は驚く程に高かった。

ひとりぼっちで生きてきたように思っていたけれど、たくさんの愛情を受けていたのだと、亜希は実感した。

「うちで保護したかったのですが……、そんなに熱望されているのなら、仕方がないですね……」

少し残念そうにしていたのは、優生。

ちなみに、亜希自身も、今回は優生に頼らず、自分で保護するという選択肢も考えていた。

リュヌに託された命だから、自分の目がしっかりと届く場所で幸せにしてあげたいと、並々ならぬ気概を持っていたからだ。

しかし、子猫を欲しがるすべての人たちにはリュヌへの深い愛情に溢れていて、結局、亜希は譲ることを決めた。

患者さんの家なら検診のたびに会うこともできるし、親心が芽生えてしまったメロも喜ぶだろうと。

亜希は、ほっとする気持ちもありながら、思いもしなかった展開に驚くばかりだった。


「——そんなに希望者が多かったんですか……。それで、どうやって選ぶんですか?」

希望者がついに五名となった日。

井の頭公園で子犬を散歩させながら、手塚が亜希にそう尋ねた。

「今回は、私の、独断で、決めます。……なにせ、任されて、ますから」

「独断って、その基準は?」

「えっと……、飼育環境などはもちろんですが……、できるだけ、近所の、方に……。

そ、そして……、会いに、行かせてくれる、お家がいいな、と」

「まるで箱入り娘を嫁に出す過保護な親ですね」

「だって……、名前も、付けましたし……、リュヌは私の家族です、から。リュヌの子は、私の子も同然、です」

「……確かに」

優しく目を細める手塚を見て、亜希も笑みを浮かべる。

そして、共に暮らすことはなかった大切な家族のことを、そっと思い出した。

悲しくてたまらなかった記憶は今、不思議と、ほんの少しだけ色を変えている。

たくさんの人たちから得られた、リュヌが愛されていたという証明が、そうさせたのかもしれない。

「あ、そう、いえば……、この子、前に話した、小学生の子が、ご両親と一緒に、面会しにくるそう、です……！」

「え！　それはまたいいニュースですね。……そっかぁ……、寂しいなぁ。でも、確か家が近いんでしたよね……ん？」

「ふふ、過保護な親みたい、ですね」

「……仕返しですか？」

亜希たちの笑い声が、井の頭公園に響く。

風に混ざって、リュヌの小さな鳴き声が聞こえた気がした。

第三章　命を委ねる相棒

亜希と手塚がたびたび訪れる井の頭公園には、多くの常連がいる。犬の散歩や、ジョギングや、植物の鑑賞など、その目的はそれぞれだが、亜希はもちろんのこと、周囲に住む人たちの生活にも密接に関わっている。

亜希は手塚と出会って以来、よく見かける人の顔を覚えるようになった。というのも、手塚があまりにフランクに挨拶するおかげだ。

以前はできるだけ人と目が合わないようにしていた人見知りの亜希も、手塚につられて挨拶しているうちに、気付けば顔見知りがずいぶん増えた。

そんな常連の中に、盲導犬を連れた男性がいる。

男性は、五十歳前後。

盲導犬はクリーム色のラブラドールレトリバーで、いつも公園の中を颯爽と歩いている。

「今日も来てますね」

「は、はい……！　賢い、ですよね……、盲導犬」

「本当に。……最近は、ほとんどのお店に盲導犬を連れて入れるみたいですね」

「はい……！　私も、あまり詳しくは、ないですが……、介助犬は、一心同体、ですから」

「命を預けた相棒ですもんね」

手塚が盲導犬を見る目はとても優しい。

亜希も、見つけたらつい目で追ってしまう。ただ、これまでに、話しかけたことはなかった。

特殊な能力を持つ亜希が盲導犬の傍に寄りすぎてしまうと、集中を阻害してしまうのではないかという不安があったからだ。

盲導犬は飼い主の命を預かっているぶん、街を歩いているときは極限まで集中しているという。

触れ合ってみたいという願望はあるものの、集中を解いているときの盲導犬に会う機会なんて、それこそ家を訪ねない限りはない。

「あの子、たちって……、お家でも、なんというか……、シュッと、してるのでしょうか」

「はは！ シュッとですか。家ではリラックスしてるんじゃないですか？」

「です、よね……。イメージが、わかな、くて」

「確かに。考えてみれば、俺も全然知らないです。動物の研究をしてるっていうのに……。ちょっと勉強してみようかな、盲導犬のこと」

「素敵だと、思います！」

手塚の動物に対する愛情は、亜希に負けず劣らずとても深い。とくに、大型犬に対しては顕著だ。

リクとの思い出が、心を過るのだろう。

ちなみに、リクのことを語るとき、少し前までの手塚はずいぶん寂しげに見えたけれど、最近はそれがすっかり払拭された。

すべての事実を知り、今はいい思い出として整理されているのだろう。

亜希は、盲導犬をいつまでも目で追う手塚を、微笑ましい気持ちで見つめていた。


ある日曜日。

昼過ぎから散歩に出かけた亜希と手塚は、井の頭公園の近くをとくに目的もないまま歩いていた。

休みの日は、こうして散歩に出かけるのが、定番の過ごし方だ。

さくらいホテルでしばらく保護していた子犬の里親も無事決まり、それ以来、散歩のコースはとくに決まっていない。

知らない道を通ってみたり、顔見知りの野良猫を捜したりと、ただただのんびり過ごしている。

動物とばかり過ごしてきた亜希にとっては、そんな時間が新鮮だった。

「メロは、なにしてる、でしょうか……」

「きっと爆睡ですよ。誘いを断って寝てたいなんて、いかにも猫って感じですよね。……やっぱ羨ましいな、会話ができるなんて」

その日、メロは留守番だった。猫は基本的に一日のほとんどを寝て過ごす習性があり、とくに昼間は眠いらしい。

今日も出がけに声をかけたものの、目を閉じたまま「いってらっしゃい」と言われてしまった。

そのとき、ふいに手塚が小さなカフェの前で立ち止まる。

「亜希先生、お茶しませんか？　ここはチャイが有名で、マフィンもすごくおいしいらしいですよ」

思わぬ提案に、亜希の心は浮き立った。

動物を連れていることの多い亜希たちは、普段、カフェを利用することはできない。だから、今日は滅多にない機会だ。

「チャイとマフィン、ですか……！　おいしそう、ですね！」

亜希が頷くと、手塚はカフェの戸を開け、亜希を中へと促した。

一歩足を踏み入れると、早速ふわりと甘い香りに包まれる。手前のショーケースに並ぶマフィンの香りだろう。

中を見渡せば、まず正面に十席弱のカウンター席と、奥にいくつかテーブル席があった。

ほとんど埋まっていたけれど、日曜に待ち時間がないのはむしろ幸運といえる。

手塚が店員に二人だと伝えると、すぐに空いているテーブルに通され、メニューを渡された。

メニューを開いてまず驚いたのは、ずらりと並ぶ様々な種類のチャイ。

オリジナルチャイのほか、シナモンやジンジャーなどスパイスを強めに利かせたものや、フルーツや花などを使ったフレーバーチャイもある。

「チャイに、こんなにも、種類があるなんて……。私、全然知りませんでした……！」

「俺も知らなかったです。ここはいつ通りかかっても混んでいて、一度来てみたかったんですよね。すぐに座れてラッキーです」

「楽しみ、です！」

亜希は散々迷った末、一番人気と書かれた定番のオリジナルチャイと、りんごのマフィンを選んだ。

注文を終えると、亜希は店内のレトロな雰囲気を堪能しながら、幸せな気持ちに浸る。

思えば、手塚と知り合う前、人気のカフェは亜希にとってあまりにハードルの高い場所だった。

おしゃれな店内で楽しそうに談笑する人たちを見かけるたび、自分とは縁遠い世界だと思っていたし、入ってみようなんて考えたこともなかった。

しかし、今や楽しみのひとつになっている。

もちろん、手塚の影響に他ならない。

手塚が連れて行ってくれる場所はどこも居心地がよく、お陰で、カフェに対する抵抗感はすっかりなくなった。

「それに、しても……、手塚、くんは、とっても詳しい、ですよね。カフェとか、おいしい食べ物、とか……」

「大学にいると、そういう情報を耳にする機会が多いんですよね。亜希先生が好きそうなところを他にもいくつか聞いているので、今度行きましょう」

「はい……！」

亜希自身、自分が好きそうな場所というものをよくわかっていないというのに、手塚は把握しているらしい。

そして、今のところ、それがはずれたことはない。

本当に不思議だ、と。ついぼんやり考えていると、ふいに、甘い香りが届く。

我に返った瞬間、亜希の前にチャイとマフィンが載ったプレートが置かれた。

手塚に促されるままチャイをひと口飲むと、たちまちスパイスの深い香りが口の中に広がる。

中でもシナモンの香りは長く余韻を残し、ふわっと全身が癒されていくような気持ちになった。

「おいしい、です……！」

「その顔見たら伝わります」

「本当に、すっごく……！」

前のめりで話す亜希に、手塚は堪えられないとばかりに笑い声を零した。

「メニューにテイクアウトもできるって書いてあったので、また散歩中にでも寄りましょう」

「はい……！」

「……あ、見てください。亜希先生が頼んだりんごのマフィン、今完売したみたいですよ」

亜希が、入口の前のショーケースに目を向けると、ちょうど最後のひとつが袋詰めされるところだった。

レジに立っているのは、二人の幼い男の子を連れた女性。

一人はおそらく三歳くらいで、母親としっかり手を繋いでいる。もう一人は五歳くらいか、好奇心旺盛な様子で店内をうろちょろし、母親に何度も注意されながらも、落ち着く様子はなかった。

「あれくらいの歳の子って、本当に元気ですよね。エネルギーがあり余ってるって感じで。お母さんはきっと大変でしょうけど……」

「子供の頃が、一番、元気なのは……、人も、犬も猫も、同じですね」

「はは！　確かに」

手塚は可笑しそうに笑いながら、子供の様子を見つめる。

すると、そのとき。突如カフェの入口の戸が開き、見覚えのある人物が入店してきた。

「あれ……？　あの人って……」

「あっ……、盲導犬の……！」

それは、井の頭公園でときどき見かける、盲導犬を連れた男性だった。これまで井の頭公園以外で見かけたことはなく、亜希は驚く。

男性はテイクアウトするらしく、母子の後ろに並んだ。その足元には、大人しく待つ盲導犬の姿。——しかし、そのとき。

「あ！　わんわん！」

突然現れた大きな犬に興奮したのか、店内をうろうろしていた男の子が駆け寄り、盲導犬を撫でた。

「だ、だめよ、やめて……！」

母親は慌てるものの、片手が塞がっている上に会計中では止められず、声を上げても、男の子は盲導犬に夢中で聞く耳をもたない。

無理もないことだった。幼い子供に盲導犬のことを理解させるのは困難だ。犬好きな子はとくに、触ってみたくなるのが当然の心理だろう。

亜希には、その混乱した様子をオロオロと見守るしかできなかった。

そんな中、立ち上がったのは手塚。

　手塚は子供の傍に向かうと、優しく語りかけた。

「この子はね、今、お仕事中なんだ。撫でたらもっと遊びたくなっちゃうから、今はそっとしておいてあげようよ」

　子供はポカンと手塚を見上げながらも、盲導犬を撫でる手をそっと引っ込めた。手塚は子供の頭を撫で、にっこりと笑う。

「偉い」

　すると、レジを終えた母親が慌てた様子で子供の手を引き、手塚と男性に頭を下げた。

「すみません……！」

　しかし、男性は優しく微笑みながら、首を横に振る。

「いえ、気になさらないでください」

　それでも、女性は何度も頭を下げながら、カフェを後にした。

　手塚がテーブルに戻ろうとすると、男性がふいに声をかける。

「あの……」

「え……？」

「助かりました。……できれば、なにかお礼をさせていただきたいのですが」

「いえいえ！　お礼をしてもらうようなことじゃないですから……！」

「ですが……。そうだ、あと十五分程でりんごのマフィンが焼き上がるようですし、よければそれをご馳走させてください」

「本当に気を遣わないでください……！　逆に恐縮しちゃいますから！」

男性はどうしても気が済まない様子だったけれど、手塚は必死に、けれど丁重に断り続ける。

すると、男性は諦め、小さく肩を落とした。

「……そうですか。困らせてすみません。手助けしていただけると嬉しくて、つい……」

「こんなの、手助けのうちに入らないですよ。……ってか、マフィンが焼き上がるのを待たれるんですか？」

「ええ。妻に頼まれたんです。ここは私の散歩コースなのでときどき寄るのですが、妻がりんごのマフィンを気に入っていて」

「じゃあ、僕らの席で待ちません……？」

会話を聞いていた亜希は、手塚から向けられた視線にすぐに頷いてみせた。

手塚が男性にそんな提案をした理由は、聞くまでもない。人の出入りが激しい入口付近よりも、テーブルで待っていた方が静かで、人の目にもつきにくいと考えたのだろう。

手塚は亜希に頷き返し、男性を椅子まで誘導した。

「しかし、ご迷惑では」

「いえいえ。連れも是非って言ってます。実は、井の頭公園であなたのことをときどきお見かけしていて、ついこの間も、盲導犬は本当にすごいねって話したばかりなんです」

「そうでしたか……」

「ちなみに、彼女は獣医ですし、僕も動物の研究をしていて……、もしよければ、盲導犬のことを少し教えてほしいな、なんて」

「もちろん構いませんよ。ありがとうございます」

男性は嬉しそうに笑みを浮かべ、背もたれに何度か触れて位置を確認しながら、ゆっくりと腰をかけた

「あ、あの……、桜井亜希と、いいます！」

「初めまして。あなたが獣医をされている桜井先生ですね。私は山崎徹（やまざきとおる）と申します」

「僕も名乗ってなかったですね。手塚隼人（はやと）です。ちなみに、彼女は皆から亜希先生って呼ばれてます」

「きっと親しまれてるんでしょうね。私も、亜希先生とお呼びしても……？」

「もちろん、です！」

三人が自己紹介をしている間、盲導犬は徹の足元で大人しくしていた。

賢そうな目が印象的で、綺麗な毛艶からは健康状態のよさが窺える。

「あの……、この子の名前を、聞いても……？　あ、でも、名前を呼んじゃうと、困らせてしまうの、でしょうか……？」

「いえ、待機中ですし、名前を呼ぶくらい大丈夫ですよ。この子はミルキーと言います。この子を生後十ヶ月まで世話してくれた、パピーウォーカーさんが名付けた名前なんですよ」

「ミルキーか、可愛いですね。それに、当たり前かもですけど、キリッとしてすっごく賢そうです」

「ええ、本当にとても賢い子で……、もうすぐ出会って八年になりますが、完璧に働いてくれました。この子も大変だったと思います。ですが……、ようやく、解放してあげられます」

「解放……？」

徹がふいに口にした意味深な言葉に、手塚と亜希は顔を見合わせた。しかし、手塚が聞き返した瞬間、マフィンの入った袋を手にした店員が、徹に声をかける。

「お待たせしました。りんごのマフィンがお二つですね」

「焼き上がりましたか。ありがとう」

徹はそれを受け取ると、嬉しそうに笑みを浮かべた。

もう店を出ることを察したのか、ミルキーがスッと立ち上がる。

「すごいな……。行動を読んでるじゃないですか」

「ええ。長く一緒にいますからね」

「ちなみに、お家でもこんなに大人しいんですか……？」

それは、ついこの間、亜希と手塚の間で話題になった疑問だった。

仕事以外のときの盲導犬の様子があまり想像できず、検索してみようと思いながら、亜希はすっかり忘れていた。

するとと、男性は突如、可笑しそうに笑う。

「全然違いますよ。犬の性格にもよるのでしょうが、この子はとてもやんちゃです。妻に遊んでほしいとせがむ姿は、まるで子犬ですよ」

「それは……、全然、想像ができない、ですね！」

「そうかもしれませんね。普段の姿を見ることなんて、盲導犬ユーザーやその家族以外はなかなかないでしょうから」

「確かに。なんだか、想像しただけでも微笑ましいです」

手塚の気持ちが、亜希にもよくわかる。待機中すら周囲の様子に気を配り、完璧に介助する姿を見ているぶん、甘えたりじゃれたりする仕草はさぞかしギャップがあって可愛いだろうと。

するとそのとき。

「……もしよければ、見に来ます？」

ふいに、徹が思いがけない提案をくれた。

「え……⁉」

いち早く反応したのは、手塚。手塚はキラキラと目を輝かせ、男性に身を乗り出す。

「そんな……、いくらなんでも迷惑では……！」

一応、遠慮気味な口調ではあるものの、行きたいという本音が全身から溢れ出ていた。

堪えられずに亜希が笑うと、徹も笑い声を零す。

「いえ、今日は話しかけていただいて、本当に嬉しかったです。私としてはこれで終わりにしたくないですし、よければ寄って行ってください。私の家はここからとても近いんです」

「じゃあ、遠慮なく……！」

いつもならば、動物のことになると真っ先に興奮するのは亜希の方だが、今日に関しては逆だ。

やはり、手塚の犬に対する思い入れは人一倍深い。亜希はそれを微笑ましく思いながら、席を立った。

徹の家は、井の頭公園のすぐ傍にある、住宅地の一角にあった。

この辺りには大きな家が多くあり、ちなみに優生や祥子の家も近い。徹の家もまた、庭付きの立派な一戸建てだった。

「さあ、どうぞ」

徹に促されるまま玄関に入ると、すぐに奥から優しそうな女性が現れ、亜希たちを出迎えてくれた。

「彼女は私の妻の初美（はつみ）です。……初美、手塚くんと、獣医をされている亜希先生だよ。今日は彼らにずいぶん助けられたんだ」

亜希たちが慌てて頭を下げると、初美は穏やかに笑いながら、二人を中へと案内した。

「あら、珍しいお客様ね。どうぞゆっくりしていってください」

通されたのは、リビング。

大きなカウチソファがゆったりと配置され、家具や装飾の少ない、とてもスッキリした空間だった。

おそらく、徹はもちろんのこと、ミルキーが共に暮らしやすいようにと計算されているのだろう。

「さあ、お座りください」

徹は亜希たちにソファを勧め、自分も腰掛けた。そして、ミルキーの頭をそっと撫で、それから亜希たちの方を向く。

「ミルキーの普段の様子を見てみたいって言ってましたよね」

「はい……！」

徹の言葉に、手塚はたちまち目を輝かせた。

すると、徹は慣れた手つきで、ミルキーのハーネスを外しはじめる。

「盲導犬のほとんどはそうだと思いますが、このハーネスが仕事モードのスイッチになっているんです。なので、これを外せば仕事は終わりです。外してしまえば、他の犬たちとなんら変わりありません」

「へぇ、そうなんですね……」

とはいえ、ハーネスを外されるのを大人しく待っているミルキーは、やはりどう見ても聡明だった。

しかし、ハーネスが外れた瞬間、――突如、ミルキーは尻尾をぶんぶんと振りはじめる。

そして、前脚を徹の膝の上に乗せ、嬉しそうに頬を舐めた。

「こらこら、お客さんが来てるから、大人しくしなさい」

徹もまた、その言葉とは裏腹に、ミルキーを愛しげに撫でている。

ミルキーのあまりに急激な変化に、亜希と手塚は驚き、ただ茫然としていた。

「す、すごい、ですね……！」

「ほら、言った通りやんちゃでしょう？　ハーネスを付けていないときは、結構いたずらっ子なんです」

「すごいな……、なんていうか、不思議だ……」

ミルキーは徹としばらく戯れた後、亜希たちの前へ来て正面に座り、嬉しそうに尻尾を振った。

その人懐っこい表情は、仕事中とはまったく違う。

徹が話していた通り、他のレトリバーたちとなんら変わりなく、撫でてほしいとでも言うように、キラキラした目で二人を見つめていた。

「こんな様子を見ちゃうと、ミルキーが仕事中いかに集中しているのか、よくわかりますね」

「本当に、そう思い、ます。偉いし、かわいい、です……」

やがて、ミルキーは亜希たちに散々撫でられた後、突如どこかへ走り去り、カラフルなゴムボールを咥えて戻ってきた。

そして、それを足元に置いたかと思うと、尻尾をぶんぶんと振りながら亜希を見つめる。

「えっと……、ボール……？」

亜希が戸惑いながらもそれを手にすると、ミルキーは目をさらに輝かせた。

「もしかして、ゴムボールを持ってきました？」

「は、はい……」

「……お二人のこと、ずいぶん気に入ったみたいですね。そのボールは、ミルキーが一番好きなおもちゃなんです。いつもそれを私や妻のところに持ってきて、転がしてくれってせがむんですよ」

「転がしても、いい、ですか……？」

「ええ、もちろん。この部屋の床材にはクッション性のあるフロアタイルを使っているので、滑りません」

そう言われ、亜希がそっとボールを転がすと、ミルキーはすぐに反応し、あっという間に咥えて戻ってきた。

今度は手塚がボールを拾い、さっきよりも遠くへ転がすと、ミルキーはふたたび嬉しそうにボールを追っていく。

「本当だ。全然滑ってないし、爪の音もしませんね。この広い部屋の全面を張り替えたんですか？」

「ええ。ミルキーを迎えてからすぐに。この部屋だけじゃなく、一階は全部張り替えました。私と出歩く以外に、あまり運動をさせてあげられないですし……、少しでも動きやすいようにと、家具もかなり処分しました」

「なるほど……！　広々としてるなって思いました」

カフェでも感じていたけれど、徹の言葉には、ミルキーへの深い愛情が溢れていた。

命を預け、生活を助けてもらいながら、家ではミルキーが快適に過ごせることに力を尽くすという支え合いには、強い絆が感じられる。

そしてミルキーの表情もまた、とても満たされているように見えた。

ハーネスを外したミルキーから伝わってくるのは、楽しいとか、嬉しいとか、明るくポジティブな感情ばかり。

その姿を見ているだけで、亜希は幸せな気持ちになった。

そんなとき、手塚がふいに亜希に視線を向ける。

「亜希先生、長居するのも申し訳ないですし、そろそろ行きましょうか」

ふと時計を見れば、思っていた以上に時間が経過していた。少し立ち寄るだけのつもりだったのにと、亜希は慌てて立ち上がる。

「あ、そう、ですね……！　つい、時間を忘れて、しまって……！」

亜希のあまりに慌てた様子に、初美はクスクスと笑った。

「あら、お帰りですか？　……遠慮なく、いつでも遊びに来てくださいね。私たちは嬉しいから」

「ありがとう、ございます……！」

深々と頭を下げ、亜希たちはリビングを後にする。

玄関までは、初美とミルキーが見送ってくれ、手塚はその背中を名残惜しそうに撫でた。

すると、ふいに初美が少し寂しげな溜め息をつく。

「……どうしました？」

「すみません……つい。実は、ミルキーは間もなく引退なんです」

「え……？」

思わぬ告白に、亜希と手塚は目を見開いた。

亜希の心に、ふと、徹がカフェで口にしていた「ようやく解放してあげられます」という言葉が過る。

あれは引退を意味していたのか、と。理解した瞬間、亜希の心はずっしりと重くなった。

「盲導犬は、十歳で引退なんです」

「そういえば、八年の付き合いだって言ってましたね……」

「ええ。もうすぐ違う盲導犬と交代するの。……私も複雑な気持ちだけど、主人の前ではあまり話題にしないようにしているんです。……きっと、彼が一番辛いだろうから」

「そうですか……。軽く言えることじゃないですけど、寂しいですよね……」

「それが、ペットと介助犬との大きな違いのひとつです。だから今は、ミルキーを自由にしてあげられるんだって考えるようにして、無理やり納得しているんです」

「自由に……」

それは、亜希たちにとって衝撃的な事実だった。

初枝と別れてからも、亜希と手塚の間にはしばらく会話がなく、ふと気付くと井の頭公園に足を踏み入れていた。

二人は申し合わせるでもなく、いつも使っているベンチに座る。

やがて、手塚がようやく口を開いた。

「別れって、いろいろですね」

「え……?」

「死より悲しい別れはないって思ってましたけど……、比べられないなって。きっと徹さんにはいろんな葛藤がありますよね」

「手塚、くん……」

多くは語らなかったけれど、亜希には、手塚が抱えている気持ちを容易に察することができた。

亜希もまた、黙って歩きながら、同じことを考えていたからだ。

大切なペットとの死別は、とても耐えがたい。

その瞬間は、誰しもが、もう少し一緒にいたいと、生きていてくれさえすれば他になにも望まないと切に願うだろう。

しかし、たとえ元気に生きてくれているとわかっていても、八年も一緒に過ごした盲導犬との別れを想像すると胸が引き裂かれるような気持ちになった。

その上、次の盲導犬が決まっている場合は、いつまでも悲しんでいるわけにはいかない。

命を預かる盲導犬とは強い絆が必要であり、心から愛情を持ってあげるためにも、気持ちの切り替えは必須だ。

しかし、それが口で言う程簡単でないことは明らかだった。手塚が口にした通り、おそらく、いろいろな葛藤があるだろう。

「なんだか、……すごく余計なお世話だってわかってますけど、深く考えちゃいますね。徹さんもミルキーも、もちろん新しく家族になる子も、みんな幸せだといいなって」

「わかり、ます……」

亜希は、手塚とまったく同じ気持ちだった。

考え込んでいると、手塚がふいに携帯を取り出す。そして、首をかしげる亜希に笑みを浮かべ、ブラウザを開いた。

「調べてみようと思って。盲導犬の引退後のこと」

「たし、かに……、気になり、ますね」

動物のことに詳しい亜希ですら、盲導犬については、知らないことがあまりにも多い。

現に、徹と話したほんの数時間で聞いたことのほとんどが初耳だった。

手塚はしばらく携帯を操作した後、表示されたページを亜希に向ける。

「引退犬飼育ボランティアっていうのがあるみたいですよ。引退後は、新しい家族の元で暮らすんですね。あとは……、専用の施設もあるみたいです」

掲載されている実際の施設の写真には、自然豊かな広い敷地でのびのびと暮らす犬たちの姿が映っていた。

「なる、ほど……。会いに、行くことも、できるのでしょうか……？」

「できるみたいですね。ブログには、お世話になった引退犬と面会っていう記事がありますし。ここに写真も載ってますよ。交代した盲導犬と一緒に面会に来たときの様子だそうです」

見れば、盲導犬同士が鼻先を合わせて挨拶している写真が掲載されていた。

二頭とも嬉しそうに尻尾をくるんと巻き、とても微笑ましい。

その様子を見ていると、亜希の沈んでいた気持ちは少しだけ落ち着いた。手塚も同じ気持ちなのか、ほっと息をつく。

「引退犬飼育ボランティアかぁ。いつか俺も受け入れしてみたいです。庭のある広い家に住んで、動物たちに囲まれて暮らせたら最高だなって……。今はペット禁止の小さいアパートなんで、道のりは長いですけど」

「素敵な、夢です。……私も、一緒に、叶えたい、です」

「一緒に……って。亜希先生、その発言は……」

突如、手塚が語尾を濁した理由に気付かないまま、亜希はふと妄想に浸る。

たとえば祥子や優生のように、広い庭のある家でたくさんの動物たちと暮らす生活は、亜希にとっても憧れだ。

ただ、一番の理想形は、手塚の叔父が経営する相模原みるくファーム。

犬や猫にとどまらず、牛や馬などの大型動物を飼育したいと夢見る亜希には、街中の一軒家ではちょっと手狭だ。

「……牧場では、駄目でしょうか」

「はい……？」

「庭でなく、牧場……。犬も、たくさん、飼えますし……」

唐突な質問に、さすがの手塚も戸惑う。

しかし、やがて堪えられないとばかりに笑い声を零した。

「よくわかんないですけど、いいですね、牧場。牧場をやりながら動物病院もやって、家では犬や猫たちに囲まれて……って感じですか？」

「最高、ですね……！」

「さすがに忙しすぎません……？」

「そうで、しょうか……。嫌、ですか……？」

「嫌とかじゃなくて。……あの」

「え？」

「さっきから……、亜希先生の未来に、俺がいる想定になってますが……」

今度ははっきりとそう言われ、亜希はようやくその事実に気付いた。

むしろ、手塚が傍にいることがあまりに自然になっていたせいで、亜希にはなんの疑問もなかった。

指摘された途端に恥ずかしさが込み上げ、動揺して目を泳がせる亜希を、手塚はじっと見つめる。

「す、すみまっ……」

「謝らないでください。ただ俺、何度も言ってますけど亜希先生のこと好きですから。……そういうことを言われたら真に受けますよ？」

「そっ……」

亜希はもちろん、好きだと言われたことを忘れてはいない。

ただ、相変わらず返事を求められることはないまま、居心地の良さに流されるように日々を過ごしてきた。

改めてこういうふうに言葉にされると、ふと、手塚との関係に名前がないことを実感する。

気持ちが通じ合っていることは、感じているものの。

「私は……」

亜希は、手塚の視線に射抜かれながら、半ばパニックの頭で、伝えるべき言葉を必死に探した。

いつもは返事を待たない手塚も、今は黙って亜希を見つめている。

不安なのかもしれないと、ふと思った。

普段は人の気持ちなんてほとんどわからないのに、手塚の瞳の奥からは、わずかに緊張と戸惑いが伝わってくる。

つねに冷静に見える手塚でも、不安を覚えることがあるのか、と。そう思うと同時に、亜希の心は、不思議と落ち着きを取り戻した。

「……確かに……、います」

「え？」

「と、いうか……、明日や明後日や、もっとずっと先のことを、考えるときも……、手塚、くんが……、登場してしまうん、です」

手塚が言葉を失うのは、とても珍しい。

亜希は緊張しながらも、どこか冷静にそんなことを考えていた。

「もし、いつか牧場を……、作る、なら……、手塚、くんにも、いてほしい、です。いないと……、成り立たないと、いうか」

「あの……、亜希先生……」

「あっ……、従業員という、意味ではな――」

突如、手塚の香りに包まれ、亜希は言葉を止めた。

抱きしめられているのだと気付くと同時に、頬が熱を上げる。

辺りはまだ明るく、前を通行していく人たちが、わずかに歩調を早めた気がした。

ただ、それでも、離れたいとは思わなかった。

思えば、亜希が辛いときも、悲しいことがあったときにも、いつもこの香りに包まれてきた。

それだけでなく、手を引いてくれたり、さりげなく撫でられたりと、亜希の沈んだ心を引き上げる手段を、手塚はたくさん持っている。

それはいつからか、亜希にとってなくてはならないものになっていた。

手塚がいたからこそ乗り越えられたことも、数えきれないくらいある。

やはり、自分にとってはどんな未来にも手塚が必要なのだ、と。亜希は心から実感していた。

背中に控えめに手を回すと、手塚の腕にきゅっと力がこめられる。

そして、互いになにも言わないまま、ゆっくりと時間が過ぎていった。

聞こえてくるのは、木々のざわめきと、鳥の鳴き声だけ。

やがて、手塚はわずかに離れると、少し照れ臭そうに視線を逸らす。

「……てか」

「は……はい……」

「……叔父の牧場、また行きましょうね。……近々」

「はい……！」

不自然にはじまった会話が少し可笑しくて、亜希はつい笑った。

そんな亜希に、手塚はやれやれと溜め息をつきながら立ち上がる。

「……行きましょうか。なんか……、メロに会いたくなりました」

「そう、ですね！　……うちに、帰りましょう！」

「帰……」

「え？」

「……いえ。ほんと、天然って怖い」

手塚は意味深にそう呟き、けれどすぐにいつも通りの笑みを浮かべ、亜希の手を引いた。

手塚の体温が、いつもより少し高い。

亜希はその手を握り返しながら、手塚の横に並んだ。

それからというもの、亜希たちは井の頭公園で徹とミルキーを見かけるたび、声をかけるようになった。

徹はいつも気さくに答えてくれ、少しだけ会話を交わして帰っていく。

ミルキーのことを教えてくれたり、または近所にあるカフェの情報交換をしたりと、徹はいつも楽しそうだった。

やがて、それは亜希と手塚にとっての、新しい楽しみになった。

しかし。――知り合って一ヶ月が経とうとしていた頃、徹はぱったりと姿を見せなくなった。

「今日も見かけませんね……」

「どうしたの、でしょうか……」

「体調崩してなきゃいいけど」

「本当に……」

これまで頻繁に見かけていただけに、急に姿を見なくなると、やはり気がかりだった。

会えない日が続くと、病気や怪我などの不安な予想が頭を過りはじめる。

そんなとき、手塚がひとつ提案をしてくれた。

「今週一度も会わなかったら、土曜日あたり、家を訪ねてみます？」

ずっと心配していた亜希は、迷わず頷いた。

そして、――なんとなく落ち着かない気持ちで過ごすこと数日。

ついに計画を翌日に控えた金曜日、亜希たちは、診察時間後にいつも通り井の頭公園へ向かった。

その日の亜希はもはや土曜日のことばかり考えていて、今日会えるかもしれないという期待は、ほとんどしていなかった。

手塚も同じらしく、話題は土曜のことばかり。

しかし、二人がいつものベンチに座った瞬間、――ふいに、手塚が遠くを指差した。

「亜希先生、あそこに……！」

肩に触れられ、亜希は手塚が指す方向に視線を向ける。

すると、そこには、見覚えのある人影があった。

「徹、さん……！」

それは、徹だった。

亜希は驚き、思わず立ち上がる。

すると、二人の声が聞こえたのか、徹は嬉しそうに微笑み、亜希たちの方へと進む方向を変えた。

手塚がすぐに駆け寄り、徹をベンチへ誘導する。

そのとき。──亜希は、いつもとの大きな違いに気付いた。

「……あの……、ミルキーは……」

それは、徹が連れている盲導犬が、ミルキーではなかったこと。

徹に寄り添っていたのは、ミルキーとよく似たクリーム色のラブラドールだったけれど、亜希たちが見間違えるはずがなかった。

「さすが、すぐに気付きましたね。この子は、マリンといいます。……ミルキーは、引退しました」

「そうだったんですか……」

間もなく引退だと聞いてはいたけれど、こんなにも早かったのかと、亜希は動揺を隠せなかった。

紹介されたマリンは聡明な顔つきをしていて、徹の前にちょこんと座っている。

改めて見てみれば、やはりミルキーよりもずいぶん若い。

「マリンと私が互いに慣れるため、しばらくボランティアさんに付いてもらって訓練をしていたので、ここには来れませんでした。すみません、お二人のことだから、気にかけてくれてましたよね」

「それは、もちろん……」

「ありがとうございます。私もときどきお二人のことを考えてました」

「元気そうで、ほっとしました」

確かに、徹は元気そうだった。

けれど、寂しさを隠せてはいなかった。

「あの……、ミルキーは、今……」

亜希が尋ねると、徹は少し困ったように笑う。

「ミルキーは、あの子を一歳まで育てたパピーウォーカーさんの家に引き取られました。以前から引退後は受け入れたいと希望してくれていたそうです。……私や妻にとって、それは一番望ましいことだったので、ほっとしています」

「そう、ですか……」

確かにそれはとてもいい話だった。

幼い頃に共に過ごした相手なら、ミルキーが覚えている可能性が高い。

しかも、受け入れを望んでくれていたとのことで、普通に考えればこれ以上ない環境といえる。——ただ、やはり徹の表情からは、喪失感だけにとどまらない、複雑な気持ちが滲んでいた。

「会いに、行かれたりは……」

あまり踏み込みすぎるべきでないと思いつつも、亜希はその質問を抑えられなかった。

すると、徹は少しだけ間を置き、首を横に振る。

「パピーウォーカーさんの家は荻窪（おぎくぼ）ですので、近いですし、いつでも会いに来てくださいという伝言もいただいているのですが……、まだ、行っていません」

「どうして……？」

「それは……、なんというか、少し……、怖くて」

亜希の質問に、徹はゆっくりと言葉を選びながら、そう答えた。

「怖い……？」

「ええ。……この八年間、気持ちは確かに通じ合っていたと思いますが……、だからこそ、この突然の別れを、人の言葉を理解できないミルキーはどう感じているのだろうと。……捨てられたと思っていないだろうかと。……マリンを連れて会いに行ったら、傷つきはしないだろうかと……」

「徹、さん……」

「そう考えはじめたら、つい躊躇ってしまって」

亜希には、徹が怖がる理由が痛い程理解できた。

盲導犬と聞くと、どうしても働く犬というイメージが先にきてしまうが、実際の関係性は、当然、そんなドライなものではない。

徹の家でハーネスを外したミルキーを見て、亜希はそれをより実感した。

盲導犬は賢く、自身が人の助けになっているという認識を持っていることは確かだが、そこに仕事だからという意識はない。

おそらく、ハーネスから伝わる小さな振動によって人の動揺や不安をすべて察し、訓練で身につけた介助の技術を駆使して、安心させてあげたいと、心から思っているのだろう。

見返りを求めるわけではなく、そこには、ただひたむきにパートナーを愛し、自分が守るべき相手だという気概と愛情がある。

「ミルキーは仕事を終えるんだ、と。重い責任から解放してあげて、自由になるんだと、そう言い聞かせてきましたが……。それらはすべて、私が納得するためでしかなく……、あの子にとっては大きな裏切りなんじゃないかって……。そう思うと、辛いんです」

「裏切り、なんて……」

亜希は首を横に振った。

動物にそこまで複雑な感情がないことを知っているからだ。

ただし、だからといって、これまでに盲導犬と深く関わったことがない亜希には、今のミルキーの抱える感情を予想することはできない。

なにを言っても安易な気休めにしかならない気がして、亜希は口を噤んだ。

すると、そのとき。徹が突如、顔を上げる。

「……なんだか、暗い話をしてすみません。……やめましょう。あまり落ち込んでいると、マリンに申し訳がないですし」

「徹、さん……」

「今は信頼関係を深める、大切なときですから。……では、私はそろそろ行きますね。会えて嬉しかったです」

徹が立つと、マリンもすぐに立ち上がって徹の指示を待つ。

まだ徹の元へ来てさほどの日数が経っていないというのに、その目からは、徹の感情を読み取ろうと、そして助けようというひたむきさが窺えた。

「では……、今後はまたここに通いますから、見かけたときは是非声をかけてくださいね」

「は、はい！　こちら、こそ……！」

亜希が慌てて答えると、徹はマリンに指示を出し、歩きはじめる。——けれど、そのとき。

「徹さん……！」

突如、手塚が徹を呼び止めた。

徹はマリンに止まるよう指示を出し、驚いた様子で振り返る。

「どうしました……？」

「ミルキーに会いに行きませんか。……一緒に」

「え……？」

「……盲導犬のことをほとんど知らないのに、無責任なことを言うべきじゃないって思って迷ってましたけど……、でも俺、犬の気持ちなら、少しわかります。何年もずっと、それればかりを考えてきたので」

そう話す手塚から伝わってきたのは、リクへの大きな愛情だった。

亜希は、思わず手塚の手にそっと触れる。

「僕の犬は突然失踪したので、嫌われたんだとか、不満があったのかもとか、そんな心配ばかりしてました。……でも、実際は、そんなことなかった。……犬って、優しいんですよ。本当に、ちょっと愚かに思っちゃうくらいに、優しいんです。……いい加減なことを言うなって思われるかもしれませんが……、ミルキーは徹さんに会いたがってると思います。……裏切りとか捨てられたとかそんな難しい感情じゃなくて、ただ、顔を見たがってるんじゃないかって……」

手塚のわずかに震える手が、亜希の手をぎゅっと握り返す。

何年もリクのことを思い続けた手塚の言葉には、決して気休めとは言えない重みがあった。

徹は、手塚の言葉に逡巡するように、しばらく俯いたまま黙り込んでいた。——そして。

「……一緒に、来てくれるんですか？」

ぽつりとそう口にした瞬間、手塚は大きく頷いた。

「はい……！　もちろんです……！」

その力強い返事を聞き、徹はほっとしたように笑みを浮かべる。

そして、手塚に手を差し出した。

「少し、勇気が湧きました。……よろしくお願いします」

「はい……！」

手塚はその手を取り、何度も頷く。

すると、徹は早速携帯を取り出した。

「パピーウォーカーさんに連絡してみますので、日にちが決まったら、手塚くんにお伝えします。お手数ですが、私の携帯に連絡先を登録していただいてもいいですか？　音声で操作できるのですが、新たな連絡先を登録する機会が少なく、手間取ってしまいそうで……」

「もちろんです……！　是非！」

手塚は徹から携帯を受け取ると、連絡先に自分の番号とアドレスを登録した。

徹は携帯をポケット仕舞うと、笑みを浮かべる。

「では、メールしますね。……手塚くん、亜希先生、……ありがとうございます。本当に」

「僕は、なにも……」

「いえ。背中を押していただきました」

徹はそう言うと、マリンとともに去っていった。

その後ろ姿を見送った後、手塚は少し脱力したようにベンチに腰を下ろす。

「……なんか、ちょっと踏み込みすぎですかね、俺……。後悔してるわけじゃないけど……」

声は、少し不安げだった。亜希は慌てて首を横に振る。

「いえ、とっても嬉しそうに、見えました……。……手塚くんは、本当に優しい、です」

「そんなことないですけど……、ありがとうございます。恐縮です」

やけにかしこまったお礼がなんだか可笑しくて、亜希がつい笑うと、手塚の表情も緩んだ。

「……私も、不勉強、だから……、口出すべきじゃ、ないって、思ってましたが……、手塚くんの、言葉で、大切なことを再確認、しました」

「そんな、大げさですよ……」

「やっぱり、犬の、ことは……、手塚くんには、敵いません」

「さすがにあり得ないですって……」

手塚は否定するが、亜希の言葉に嘘はなかった。

亜希は動物たちの感情を知れるが、それは、相手の意思に左右される。

一方、手塚は動物たちの表情や様子から感情を想像し、いつだってそれを汲み取ろうとしている。

ときには、会話ができる亜希よりもなお、動物たちと深く繋がっているように感じられることもあった。

「……楽しみ、ですね。……ミルキーに、会うの」

「ちょっとは不安もありますけどね……。会いたがってるって言い切っちゃいましたし」

「大丈夫、です。きっと」

手塚は、亜希の言葉を噛みしめるように、ゆっくりと頷いた。

徹から手塚に連絡がきたのは、その日の夕方だった。

内容は、日曜日でも構わないかという確認。

手塚が承諾すると、すぐに、吉祥寺駅で十三時に待ち合わせをしたいという返信が届いた。

そして、ついにやってきた日曜日。

徹の伝言通り、十三時前に吉祥寺駅で待っていると、徹は時間ちょうどにやってきた。声をかけると、徹は少し緊張が窺える表情で頷く。

「では、行きましょうか」

そして、慣れた様子で改札を通り、ホームに続くエスカレーターに乗った。

徹の動きには迷いがなく、ふとした瞬間、視覚障害者であることを忘れてしまいそうになる。

亜希は感心しながらその後に続いた。

「失礼は承知なんですけど……、なんていうか、移動が本当にスムーズなんですね」

手塚も亜希と同じことを感じていたのだろう、ホームで列に並ぶと、遠慮がちにそう口にする。

徹は可笑しそうに笑いながら、頷いた。

「失礼かもしれないなんて、そんなことは気にせず、なんでも言ってください。私としては、理解者が多い方が助かりますし、嬉しいですから。……ちなみに、吉祥寺駅は慣れているので、問題ありません」

「結構広いのに、すごいですね」

「どこになにがあるか、だいたい把握してます。……ただ、慣れない土地ではいつもアプリの音声案内頼りですよ。……ごく稀に、盲導犬が案内していると勘違いされている方がいらっしゃいますが……、盲導犬は、あくまで安全に歩行するためのサポートなので、先導することはありません」

「勘違いしちゃう気持ちは、少しわかりますけどね。見てるとすごく安心感がありますから」

手塚は徹の話にすっかり聞き入っていた。

徹もまた、丁寧に説明をしてくれながら、少し嬉しそうに見えた。

やがて電車が到着すると、手塚は乗るや否や、徹の手を手摺(てすり)へ誘導する。

「ありがとう。……よければ、荻窪へ着いてからの案内も、手塚くんに甘えていいですか？」

「もちろんです。なんでも言ってください」

二駅先の荻窪までは、ＪＲで約三分。

あっという間に到着し、駅を出ると、徹はマリンを少し待たせて手塚に携帯を見せる。

「メールで住所をもらっているんです。手塚くん、ここまでお願いしますね」

「わかりました。よかったら、僕の腕に掴まってください。……ってか、本当に近そうですね」

手塚は自分の携帯に地図を表示させると、すぐに道順を把握して、移動をはじめた。そして、ものの十分もしないうちに足を止める。

「……ここ、ですか？」

亜希が尋ねると、手塚は目の前の一軒家の表札を確認して頷いた。

「そうみたいです。インターフォンを押しますね」

門の前に立つと、格子の隙間から芝生の敷かれた庭が見渡せる。

インターフォンの余韻がいつまでも鳴り響く中、三人の間には、わずかな緊張が漂っていた。——すると、そのとき。

どこからともなく響く、足音と息遣い。

一番最初に反応したのは、徹だった。

「ミルキー……？」

「え……？　どこに——」

手塚は言いかけた言葉を止め、突如、庭の奥に視線を向けて目を見開く。そこには、ものすごいスピードで駆け寄ってくる、ミルキーの姿があった。

ミルキーは門に飛びかかり、前脚を格子にかけて尻尾をブンブンと振り、徹を見つめて嬉しそうにクゥンと鳴いた。

「やっぱりミルキーだったか……。君の足音だって、すぐに気付いたよ」

「わん！」

「こらこら、吠えるんじゃない。……お利口にしてるかい？」

「クゥン」

それは、まるで親子の会話を聞いているかのようだった。

手塚が言っていた通り、やはりなんの心配もいらなかったのだと、亜希はその光景を見ながら胸が熱くなった。

ミルキーはごく自然に、すべての不安を一瞬で払拭する勢いで、ただただ徹との再会を喜んでいた。

手塚を見上げると、瞳が少し潤んでいて、亜希は気付かないフリをしてそっと寄り添う。

やがて、ミルキーの登場から少し遅れて玄関が開き、中から四十代くらいの小柄な女性が姿を現した。

女性ははしゃぐミルキーの姿を見て、慌てて駆け寄ってくる。

「すみません……！　突然興奮しはじめて、裏口から飛び出しちゃって……！」

「とんでもない。……お陰で、不安がどこかへ吹き飛びました」

「不安？」

「……いえ。……挨拶が遅れましたが、私が連絡を差し上げた山崎徹です。このお二人は、今日付き添いを申し出てくれた、手塚くんと、獣医の桜井亜希先生と……そして、この子はマリンです」

「ようこそいらっしゃいました！　私は磯原茜です。……とりあえず、中へどうぞ。ちょっと騒がしいけど」

「ええ、お邪魔します」

茜が門を開けると、ミルキーは徹にまとわりつき、それからマリンに鼻先を合わせて挨拶を交わした。

マリンは、仕事中だからか少し戸惑いつつも、控えめに尻尾を振る。

「……マリン、すぐにハーネスを外してやるから、少し待っていてくれるかい？」

徹がマリンに話しかけると、茜はさりげなく徹の腕を支えながら、家の中へと誘導した。

通されたのは、リビング。徹の家と同じように、床一面にはクッションフロア材が敷かれていた。

犬用のおもちゃがところどころに転がっていて、なんだか微笑ましい。

「ごめんなさい、散らかっていて……！　今、盲導犬候補の子犬を一頭育てているんです。リオンって名前のやんちゃな男の子なの。……まだ小さいけど、きちんとしつけはできているから、連れて来てもいいですか？」

「ええ、もちろんです」

「ありがとうございます！　あ、マリンちゃんも自由にしてあげて大丈夫ですからね！」

そう言われ、徹がマリンのハーネスを外すと、マリンは嬉しそうに尻尾を振り、すぐにミルキーにじゃれついた。

間もなく茜がリオンを連れてくると、三頭はまるで兄弟のようにもつれ合いながら遊びはじめる。

手塚はその様子を見ながら、少し驚いていた。

「マリンとは初対面のはずなのに、まるでずっと前から友達だったみたいな反応ですね……」

亜希もその感想に心から共感していた。

犬はそもそも社交性が高く、レトリバーなどの大型犬はとくにそうだが、初対面でここまで打ち解けるのは珍しい。

すると、茜はテーブルにお茶を運んでくれながら、頷いた。

「盲導犬って、知らない人や犬と出会っても動揺しないように教育されてるんですよ。こんな子犬のときからいろんな場所へ連れて行って、いろんな経験をさせて、人の社会に馴染ませるの」

「それが、パピーウォーカーさんの役割なんですか？」

「ええ。訓練に入るまでに、基本的なしつけを終えるのは当然だけど、私はいつも、人のことが大好きな優しい子に育つよう意識してるんです」

「人が、大好きな……」

その話を聞くと、亜希はなぜだか目の奥が熱くなった。

ふいに、徹に再会したときのミルキーの様子を思い出したからだ。

あの瞬間のミルキーは、全身を使って喜びを訴えていた。

ただただまっすぐに、好きだと、会いたかったと、嬉しいと。急に会えなくなった戸惑いや寂しさを、少しも感じさせずに。

今も、じゃれつくマリンやリオンの相手をしながらも、徹の足元にぴったりと寄り添ったまま離れようとしない。

犬の基本的な性格は、人と同様、子犬の頃の経験が大きく影響するという。

つまり、ミルキーが純粋に優しく育ったのは、茜の願いが通じたことを意味していた。

そんな中、徹はしばらく黙っていた。

きっと、安心やら喜びやら、いろんな感情が込み上げているのだろうと、亜希は黙ってその様子を見守る。

すると、茜が徹にお茶を差し出しながら、ふと口を開いた。

「パピーウォーカーのボランティアに登録してから、初めて受け入れた子がミルキーだったんですよ。犬は昔から大好きだったけど、当時は経験も浅くて、なにもかも手探りで必死で育てて……、ミルキーが盲導犬のテストに合格したって知ったときは、嬉しかった。……そのとき、もし引退したときには、うちで受け入れたいと申し出たんです」

「そんなに前から……」

「ええ。久しぶりに再会したときは、驚きました。いい意味で、ミルキーはなにも変わっていなかったから。きっと、とっても優しいユーザーさんに、愛情を持って接してもらっていたんだなって思いました」

ふいに、徹が顔を上げる。

その目から、ぽろりと涙が零れた。

「……私も、ミルキーと出会い、きっと優しいパピーウォーカーさんに育てられたのだろうと思っていました。……引退後の受け入れを希望していると知り、その思いはなお強くなりました。……本当はここへお邪魔するのを少し躊躇っていましたが……、来て、本当によかった」

茜は優しく目を細め、徹の背中にそっと手を添える。

「引退しても、あなたが家族であることに変わりはないですよ。ミルキーは、家族がたくさんいて幸せですね」

「……ありがとう、ございます。……また、お邪魔してもいいでしょうか……?」

「もちろん。いつでも歓迎ですよ」

「ありがとうございます。今度は妻も一緒に伺います」

「あら、ミルキーが喜びそう。楽しみにしてますね」

徹の表情は、ここへ来る前とはまったく違い、まるで憑き物が取れたかのように、ずいぶんスッキリとしていた。

「さて……、名残惜しいですが、そろそろお暇(いとま)しましょうか」

徹がそう口にしたとき、時刻はすでに十六時を回っていた。

時間を忘れてリオンの相手をしていた亜希と手塚は、徹の声で我に返り、時計を見て驚く。

「すみま、せん……、夢中になって、しまい、まして」

亜希が謝ると、茜は笑いながら首を横に振った。

「むしろ助かったわ。リオンの遊び相手は体力勝負だから」

「これくらいの頃が一番やんちゃですもんね。……でも、昔を思い出して、すごく楽しかったです。ありがとうございました」

手塚は立ち上がり、満足そうに微笑む。

ここへ来て以来、ずっとミルキーとマリンに足元に寄り添われていた徹もまた、とても幸せそうだった。

徹がマリンにハーネスを付けると、ミルキーがマリンを案内するかのように玄関へ向かう。

そして別れ際、茜とミルキーに門まで見送られ、徹は最後にミルキーをゆっくりとひと撫でした。

「また会いに来るよ。マリンと一緒に」

ミルキーはぶんぶんと尻尾を振って、その言葉に応えていた。

そして、徹が背を向けた、――そのとき。

『きをつけて、おとう、さん』

初めて、ミルキーが言葉を口にした。

亜希は驚き、思わず振り返る。

ミルキーは出会った頃から言葉を発さなかったし、亜希もまた、いたずらにミルキーの心を乱さないようにと、言葉を聞こうとしなかった。今だって目を合わせていたわけではない。

それでも声が大きく響いた理由は、おそらく、ミルキーの言葉に込められた思いが強いからだろう。

まっすぐに徹を見つめるミルキーの目が、それを裏付けている。

するとそのとき、ふいに徹が振り返った。——そして。

「大丈夫だよ。……君と同じくらい、マリンは頼りになるから」

まるで、ミルキーの言葉に答えるかのような返事に、亜希は驚く。

ミルキーは、一度大きく尻尾を振った。

『わかってる。また会おうね』

「ミルキー。……また会おう」

徹はふたたび前を向いて歩きはじめる。

亜希はその後に続きながら、不思議な出来事にドキドキしていた。

「……まるで、会話してるみたい、でした、ね」

ただの偶然だろうかと、亜希は気になって徹に尋ねる。

すると、徹はにっこりと笑いながら頷いた。

「ときどき、ミルキーがなにを言っているのかわかる気がするんです。……ただの妄想なんですけど、なんとなく」

「徹、さん……」

亜希は、言えない言葉を呑み込む。

そして、奇跡を目の当たりにしたような高揚感を覚えながら、徹の横に並んだ。

「……私は、妄想だとは、思わない、です。強い絆が、あれば……、言葉はなくても、通じ合えると、思い、ます」

「絆が今も変わらずあるとすれば、会うことを躊躇っていた臆病な私より、ミルキーの方がずっと大人で、私を信じてくれていたからですね」

「信じていられる、関係を、築いたのは……、徹さん、ですよ」

「……そうだとしたら、嬉しいです。……次は、マリンとも強い絆を築かないと。なんだか今日は、ミルキーから大切なことを教わった気がします」

「素敵な関係、ですね」

「お二人にも、とても感謝していますよ」

徹の優しい表情を見ながら、亜希は、動物が人の心にもたらす影響の大きさを改めて実感する。

言葉が通じないからこそ、想像し、思いやることでより強まる絆があると。

「なんだか、わかる気がするなぁ。……リクがいた頃は、なにを思ってるか、なんとなくわかってましたもん」

手塚の呟きが、静かな住宅街にぽつりと響いた。

徹は、その言葉に深く頷き返した。

「手塚くんは、きっとそうでしょうね。あなたは優しく、察しがいい。……私の迷いもあっさりと見抜き、背中を押してくれましたもんね」

「いや、そんな……。いくらなんでも褒めすぎです……！」

慌てて恐縮する手塚の様子に、亜希はつい笑う。――けれど、徹の言葉に、心から同意していた。

手塚はいつも亜希の気持ちを尊重してくれるけれど、そんな手塚が自分の意見を曲げないときは、必ず強い信念がある。

ミルキーに会いに行こうと、徹に言ったときのように。

出会った頃から口ベタで、会話もままならない程、人が苦手だった亜希も、今や、手塚が傍にいないとなんとなく物足りない。

手塚の方が、よほど不思議な力を持っている、と。

亜希は密かにそう思いながら、幸せな気持ちで帰路についた。

「――亜希先生、見てください、これ。引退した盲導犬の施設についてちょっとだけ調べてみたんです」

「わ……、たくさん、いますね……！」

徹と出会ってからというもの、手塚は盲導犬について熱心に調べはじめた。動物行動学を研究していることもあり、強い興味を惹かれたのだろう。

携帯に表示させた画像の中では、たくさんの盲導犬たちがのんびりとくつろいでいる。

「ミルキーのように、パピーウォーカーさんに引き取られて、しかもユーザーさんの近所で暮らせるなら一番最高だなって思ってたんですけど、こういった専門の施設で仲間たちと穏やかに過ごしてるって知ると、ほっとしますね」

「そう、ですね。……一生懸命働いた、ので……リラックスしてほしい、です」

亜希がそう言うと、手塚は頷いて携帯をポケットに仕舞う。そして、小さく溜め息をついた。

「とはいえ、盲導犬も含め、動物関連のボランティアってどこも人手不足やら資金不足やら……、調べる程に、問題の多さをこれまで以上に実感していて。俺って無力なんだなぁって、思い知らされるばかりです」

亜希も、その気持ちは十分に理解できる。

ただ、長年動物に全力で向き合ってきたからこそ、その気持ちのやり場も知っていた。

できることは、案外、目の前にあると。

亜希は、足元で丸まっていたメロを抱え、無理やり手塚の膝に乗せる。

「……メロを、助けたじゃ、ないですか」

「え？」

「あと……、フクロウに、プレゼントしたり、とか……、ムクドリに、飛び方を、教えたり、とか……、もちろん、ミルキーのこと、とか」

「えっと……」

「全然、無力じゃない、です。手塚、くんは……、できること、全部してます。それ、十分すごいこと、ですよ」

「……そう、かな」

「はい。きっと、自分が思う以上に……、たくさんの動物を、救って、います」

亜希がそう言うと、手塚は少し照れ臭そうに笑った。

そして、メロを抱え上げてお腹に顔を埋め、溜め息をつく。

「……じゃあ、引き続き頑張ります。……でも、前にも言いましたけど、いつか大きな牧場作って、たくさんの動物たちと暮らしましょうね」

声がこもっているせいか、それは少し弱気に聞こえた。亜希は、手塚の腕を掴み、何度も頷く。

「はい。……賛成、です」

すると、手塚はメロで顔を隠したまま、さらに深い溜め息をついた。

「やっぱ、天然怖い」

「え？」

さくらいホテルに、手塚の気の抜けた笑い声が響く。

亜希は首をかしげながらも、その穏やかな空気に浸っていた。

第四章　仲間と家族と終わらない夢

ある日の診察時間後、亜希がポストを確認すると、一通の封書が届いていた。

差出人は「相模原みるくファーム」。手塚の叔父が経営する牧場だ。二人で訪ねた日のことは、まだ記憶に新しい。

亜希は驚き、急いで待合室に戻って封を開け、――中を見て、首をかしげた。

「招待……状……？」

入っていたのは、相模原みるくファームの入場券と、カードが一枚。

カードの表面には、「招待状」という三文字が並んでいる。

裏返してみると、書かれていたのは、日時と時間。そして。「動物はご自由にお連れください」という、手書きの補足が一行。

「なん、だろう……」

招待状と呼ぶには、あまりにも情報が少ない。

けれど、亜希の気持ちはすでに高揚しはじめていた。

いくら謎めいていたとしても、これが相模原みるくファームからの招待状であるという事実に間違いはない。

亜希は嬉しくなって、まずは手塚に連絡してみようとポケットから携帯を取り出した――そのとき。

「亜希先生」

メッセージ画面を開くと同時に、待合室に顔を出したのは、手塚。

「あっ……、て、手塚、くん！　この、手紙が……、相模原の、あの……！」

「落ち着いてください。……やっぱり、亜希先生にも届いてましたか」

「えっ……？」

手塚は、背負っていたリュックのポケットから、亜希に届いたものとまったく同じ封書を取り出した。

「俺にも届きました。ちなみに、叔父からの連絡は一切ありません」

「……手塚、くんも……、なんの招待か、知らないんですか？」

「はい。まったく」

亜希はともかく、甥である手塚がなにも知らされていないのは少し奇妙だった。首をかしげると、手塚は苦笑いを浮かべる。

「出がけにコレが届いていて、あとで叔父に電話してみようって思ってたんですけど……、やめました」

「え？　どうして、ですか……？」

「この招待状からは、サプライズしたいっていう思惑がこれ以上ないくらい伝わってくるので、問い詰めないでおいてあげようかと」

手塚は少し人の悪い笑みを浮かべながら、そう口にした。

「えっと、それは、あの……つまり……」

「サプライズされに行きましょうよ。亜希先生の都合がよければ、ですけど」

「い、行きます！　もちろん……！」

亜希は身を乗り出し、何度も頷いた。

真っ先に亜希の頭に浮かんできたのは、ミニチュアホースのそら。また会えると思うと、喜びを抑えられなかった。

「ですよね。そう言うと思いました。この招待状の意味も気になりますし、楽しみですね」

「また、メロを連れて行っても、いいのでしょうか」

「わざわざ手書きで〝動物はご自由に〟って補足してるくらいですから、全然余裕でしょ」

「嬉しい、です……！」

招待状に書かれた日付は、十日後の日曜日。

いつもなら十日なんてあっという間に過ぎてしまうのに、そらや、手塚の叔父家族や、たくさんの動物たちと再会できることを思うと、ずいぶん遠く感じてしまう。

亜希は招待状を丁寧に封筒に戻し、当日を待ち遠しく思った。

そして、待ちに待った招待当日。

背中にメロが入ったケージを背負い、亜希と手塚は前回と同じく電車で相模原へ向かった。

相模原みるくファームまでの道のりは、駅からバスで十五分、さらに徒歩で二十分と遠い。

けれど、広大な自然の中をまっすぐに通る一本道はなんだか懐かしく、以前訪れたときの思い出話に花を咲かせているうちに、あっという間に到着した。

招待状に書かれていた時間は正午だが、亜希たちが着いたのは十時少し前。

せっかくの機会だから十時のオープンに合わせて行こうと、前日の夜に手塚がしてくれた提案に、亜希は喜んで賛成した。

入場口にはすでに何組かのファミリー客が並んでいて、亜希たちはその最後尾につく。

すると、間もなく軽快な音楽が鳴り響き、入場口が解放された。

チケットを回収していたのは、手塚の叔父の孝明。

亜希たちの顔を見るや否や、驚いたように目を丸くする。

「隼人に亜希先生……！　来てくれたんだね。なにも連絡がなかったから、どうかなと思っていたけど」

「こんな謎だらけの招待状が届いたら、そりゃ気になるよ。聞いても当日のお楽しみだって言われるだろうと思ったから、あえて連絡しなかったんだ」

「はは！　あれは朋美の案だよ。驚かせたいからなにも書かないでおこうって言いだして」

朋美というのは孝明の娘で、牧場を手伝っている。

楽しそうに動物たちの世話をする姿が印象的な、明るくさっぱりとした性格の女性だ。

「なるほど。あの人、いかにもそういうことを考えそうだよね……」

「とにかく、十二時になったらイベントスペースに来てくれるかい？　ちなみに、牛舎には生まれたばかりの子牛がいるから、会いに行ってみるといいよ」

「え！　子牛が、生まれたん、ですか……！」

「ええ。生まれたばかりで、まだお客さんには公開していないから、朋美か美和に声をかけてください」

「はい……！　ぜひ……！」

　早速嬉しいニュースを聞き、亜希が何度も頷くと、孝明は可笑しそうに笑った。

　それから、亜希たちは一旦孝明と別れ、背負っていたケージからメロを出してリードに繋ぎ、まず先に牛舎へ向かった。

「あら、亜希先生いらっしゃい！　メロちゃんも！」

　牛舎の前で迎えてくれたのは、孝明の妻の美和。

　前に来たときは、怪我で牧場の仕事を休んでいたけれど、今回は孝明と同じつなぎ姿で、元気そうに亜希たちを迎えてくれた。

　亜希は慌ててぺこりと頭を下げる。

「ご招待、ありがとう、ございます……！」

「いえいえ、亜希先生に会いたかったから、招待は口実みたいなものよ。ごめんなさいね、おかしな招待状で」

「とても、嬉しい、です……！」

「よかった。さあ中にどうぞ、子牛は牛舎の一番奥にいるの」

亜希たちは牛舎に入ると、美和に案内されながら奥へ向かった。

すると、そこにいたのは、ジャージー種の子牛の姿。母牛のお腹の下で、必死にミルクを飲んでいた。

ジャージー種とは、薄いブラウンの毛に大きな目が印象的な種類で、主に乳牛用として飼育される。

白黒模様のホルスタイン種と比べると体格はかなり小さいが、それでもメスの成体で四百キロ前後あり、子牛も生まれた時点で三十キロくらいはある。

「わあ、かわ、いい……！」

見た瞬間たまらず声を上げた亜希に、母牛がチラリと視線を向けた。

「あ、ご、ごめん……ね」

慌てて謝ると、手塚が可笑しそうに笑う。

「静かにしてって言われました？」

「あ、いえ……、なんとなく、そんな気が……」

声が聞こえたわけではないが、騒ぐのはよくなかったと、亜希は大人しく様子を見守った。

メロも、手塚に抱かれたまま、興味深そうに眺めている。

「どんな動物でも、赤ちゃんって本当に可愛いわね。もう何十回と出産を見てきたけど、今でも妊娠を知ったときは言葉にできないくらい嬉しいのよ」

「わかり、ます……！」

新しい命が生まれることは奇跡だと、亜希も常日頃から感じていた。

獣医をしていると、命が失われていく瞬間に立ち会うことも少なくなく、その悲しみを経験しているぶん、誕生したときに感じる尊さは格別だった。

必死にミルクを飲む姿を見ているだけで、目頭が熱くなってしまう程に。

「大きく、なって、ね」

亜希が呟くと、母牛はまるでそれに応えるかのように鳴き声をあげた。

牛舎を後にすると、手塚は歩きながら辺りをぐるりと見渡した。

「……ってか、そらはどこにいるんだろう」

「そう、ですね……！　会いたい、です！」

ミニチュアホースのそらは、体が小さく大人しいため、牧場の中で放し飼いされている。いろんな場所で声をかけられたり撫でられたりと、来場者たちからとても愛されている、相模原みるくファームのマスコット的存在だ。

ただ、牧場の中を自由に歩き回っているせいで、会いたくても、どこにいるのかわからない。

「十二時まではあと一時間半くらいありますし……、のんびり回りながら捜しましょうか」

「そう、ですね……!」

手塚は足元でくつろぐメロを抱え上げ、牧場内の中心を通る道を、ゆっくりと歩きはじめた。

道沿いには、馬、ヤギ、羊と、それぞれの放牧場が続く。

手塚は柵のスレスレを歩きながら、集まってきた馬の鼻先を優しく撫でた。

「ねえ、そら見なかった?」

ごく自然に話しかける様子が微笑ましく、亜希は黙って見守る。すると、メロが手塚を見上げながら、にゃうと鳴き声を上げた。

『見てないって、言ってる』

もちろん手塚には伝わらないが、手塚はメロの背中を撫で、嬉しそうに目を合わせる。

「今、通訳してくれた？」

「にゃぅ」

「もしかして、そら、あっちに行ったたって言ってた？」

「うにゃ」

「……違うか」

亜希はたまらず笑い声を零した。

「会話、半分、くらい、成立して、ますよ」

「本当ですか？　……なんか、テンション上がるな」

『テヅカ、すき』

「今、あっち行こうって行った？　よし、行こう！」

「ふふっ……」

亜希たちの間に、優しくのんびりとした時間が流れる。

ただ、一番奥にある羊の放牧場までやってきたものの、そらの姿は見つけられなかった。

「どこにいるんだろう……。工場とか売店の方に行っちゃったのかな」

「そうかも、ですね……」

「そういえば、前に来たときも捜しましたね、そらのこと」

「たし、かに……！」

手塚に言われて思い出すのは、すこし寂しげだったそらの姿。

当時のそらは、たくさんの動物たちがいるこの農場に自分と同じ動物がいないことを寂しがり、家族というものに憧れを抱いていた。

あの日のそらは、亜希と会話する中で、たくさんの仲間がいる幸せに気付き、気持ちが晴れたように見えた——ものの、亜希は、また寂しがってはいないだろうかと、あれからもずっと気にしていた。

そらはとても賢く、そのぶん、思考も深い。もしかすると、また別の悩みを抱えている可能性もある。

姿を見つけられないまま時間ばかりが過ぎていく中で、亜希の不安は少しずつ膨らみはじめていた。

しかし、気付けば時刻は十一時四十分。

そろそろイベント会場へ行かねばならない。

「とりあえず、会場に行きますか。そらのことは、後でおじさんたちにも聞いてみましょう」

「そう……ですね」

亜希は頷き、手塚と来た道を戻った。

気付けば、牧場の中は、朝よりもずっと多くの来客の姿で賑わっていた。多くの人々が連れ立ってイベント会場へ向かう様子から察するに、今日のイベントは、一般来場者にも告知されていたらしい。

けれど、肝心の内容がわかるものは、どこにも掲示されていなかった。

亜希たちは、以前は子豚のレースを開催していた会場に入り、周囲をぐるりと囲うように設置された観客席に座った。

見渡せば、いたるところに花や手作りの装飾が飾られている。そして、会場の中心には、金色のくす玉が設置されていた。

「あれ、って……、くす玉……、ですね」

「なにかのお祝いでしょうか。……ってか、くす玉の紐の先に付いてるのって、もしかして……」

手塚が指差す方を見ると、確かに、紐の先にはなにやら大きなものがぶら下がっている。

距離が離れていてはっきりとは確認できないけれど、それはオレンジ色で細長く、なんだか馴染みのある形状だ。

「にんじん、っぽい、ですね……」

「本当だ。……にんじんですね」

それは、少しシュールな光景だった。

意図がわからず、亜希は首をかしげる。――すると。

突如、会場に、軽快な音楽が鳴り響いた。

その、聴き馴染みのある有名なメロディに、亜希と手塚は顔を見合わせる。

「この音楽って……、結婚式のときによく流れるやつですよね」

「やっぱり、そうです、よね……?」

ポカンとする亜希たちを他所(よそ)に、集まった来場者たちは大きく歓声を上げた。

たびたび耳に入ってくるのは、「おめでとう」という祝いの言葉。

方々から次々と発されるその言葉を聞いているうちに、ふと、亜希の頭にひとつの可能性が過る。

招待状に、くす玉に、結婚式の音楽。

手塚を見ると、同じことを考えていたのか、小さく頷いた。

「結婚式の招待状だったみたいですね」

「結婚する、のは……、もしか、して」

亜希は、ふたたび会場の中心に視線を向けた。

すると、間もなく会場に現れたのは、予想通りでもあり、会いたくてたまらなかった姿。

朋美に連れられた、――そらだ。

真っ白のたてがみを風になびかせながら、ゆっくりと会場の中心へ向かう様子に、会場は、ひときわ大きな歓声に包まれた。

「そ、そら、です……！」

「本当だ。……蝶ネクタイしてますね……」

「かわ、いい……！」

今日がいったいなんの招待だったのか、はっきりと確信したのは、そのすぐ後のこと。

そらの後に続き、突如、会場にもう一頭のミニチュアホースが姿を現した。

ブラウンの毛並みが美しいそのミニチュアホースは、そらよりもさらにひと回り小さく、首や背中にたくさんの花が飾り付けられている。

そして、大勢の来場者たちの姿に少し戸惑いながらも、孝明に連れられ中央まで進み、そらの横に並んだ。

二頭はまるで会話をしているかのように、鼻先を合わせる。

やはり、と。亜希は招待状の意味を理解し、心はたちまち幸せな気持ちで満たされていった。

やがて音楽が止むと、マイクを持った朋美が観客に向けて深々と頭を下げる。

「今日は、そらくんとはるちゃんの結婚式にご列席いただきまして、ありがとうございます！」

会場は、大きな拍手で包まれた。

「そら、結婚したん、ですね……！」

驚く亜希たちを他所に、結婚式は進行していく。

「驚きました……。俺、全然聞いてなかったです……」

そらは、朋美の合図でくす玉から下がるにんじんを咥えた。

するとくす玉は割れ、中からたくさんの紙吹雪と、「HAPPY WEDDING」と書かれた垂れ幕が飛び出す。

風に煽られた紙吹雪が辺りに舞い、そらとはるの周りを鮮やかに彩った。

それはとても可愛らしく、幸せに満ちた光景だった。

イベントは、二頭が誓約書にひづめでサインを押し、終了した。

会場を出て行く来場者たちには記念のステッカーが配られ、その後は着飾ったそらとはるが牧場の中を一周した。

亜希と手塚が二頭の後ろに着いて歩くと、亜希たちに気付いたそらが、嬉しそうに瞳を揺らす。

「そらって、結婚式のこと理解してるんですか？」

「式のことは、あまりわかってないかも、ですけど……、でも、家族を、欲しがってましたよ」

「そうなのか……。寂しかったのかな……」

「ですが、仲間がいっぱい、いるからと……、納得して、ました」

そういえば、前にここへ来たときにはまだ手塚に秘密を明かしていなかったと、亜希はふと思った。

そんなに昔のことでもないのに、当時と比べると、手塚との距離感がずいぶん縮まった気がしてならない。

それは、なんだか不思議な感覚だった。

「もしかして、亜希先生がそう言って聞かせたんですか？」

「いえ……、そらは、賢い、ので……。その結論は、自分で」

「……なんか、すごいな。あんなに小さいのに、大人っていうか」

手塚は感心した様子で、そらの後ろ姿を眺める。

亜希も、当時真剣に悩んでいたそらのことを思い返して、少し感慨深い気持ちになった。

放牧場の柵の横をゆっくりと歩くと、そらに気付いた羊や馬たちが、まるで祝福しているかのように近寄ってくる。

そらもまた、小さく唸ってその声に応えていた。

「——おじさん、ミニチュアホースを迎え入れたなら、教えてくれてもよかったじゃないですか……」

その日の閉園後、亜希たちは前回と同様に孝明の家に呼ばれ、夕食をご馳走になった。

話題はもちろん、そらとはるのこと。

孝明は拗ねる手塚を宥(なだ)めながら、申し訳なさそうに笑う。

「いや、俺もカップリングが上手くいくとは思ってなかったんだ。そらに友達ができれば、くらいの軽い気持ちでブリーダーさんに相談したら、はるを紹介してくれて。相性を見るために、お試し期間として一週間程うちで預かってたんだけど、驚く程に気が合ったみたいで。友達どころかお嫁さんになりそうだと思って、迷わず迎え入れたんだよ」

リビングから見える三和土(たたき)では、そらとはるが仲よさそうに身を寄せ合っていた。

食事が終わると、亜希は二頭の傍へ行き、順番に鼻先を撫でる。

「そら……、よかったね」

『うん』

密かに交わした短い会話から、そらの満たされた気持ちが伝わってきた。

たとえ種類が違っていても、仲間がたくさんいることがいかに幸せか、そらは前に会ったときにそれを十分に理解していた。

けれど、こうして本当の意味での家族ができたことは、亜希にとっても自分のことのように嬉しいニュースだった。

すると、お酒を飲んで少し酔った様子の孝明が、亜希の横に並んで座る。

「この牧場にはそらのファンがとても多くて、結婚式をしようっていうのも、常連さんの提案だったんですよ。もっと簡単にやるつもりだったんですが、楽しみにしてくれる人があまりに多かったので、いっそイベントにして告知しようと。亜希先生、来てくれてありがとうございました」

「とんでも、ないです……！　嬉しかった、です！」

「それはよかった……！　おかしな招待状だったから、怪しまれるんじゃないかと思ったんですけど……。よかったです。今日は、本当にいい日だ。それにしても、はるは可愛かったな……」

「……おじさん、まるで花嫁の父親みたいになってますよ」

いつもよりもずいぶん饒舌（じょうぜつ）な孝明に、手塚はやれやれといった様子で、笑いながら亜希の横に座った。

それでも、孝明は嬉しそうに言葉を続ける。

「隼人、実はこの家の横に、そらたちの新居を建てる予定なんだ。設計から全部俺がするつもりだから、今度手伝いに来てくれ」

「え……、新居……？」

「ここで二頭は狭いだろう。それに、いずれは子供が生まれるかもしれないからなぁ。……どれだけ生まれてもいいように、広い小屋にしないと……」

「子供……って、さすがに早くない……？」

「早いに越したことはない。……ですよね、亜希先生」

「はい！　手塚、くんは……、大工仕事が得意、ですよ」

「それはなによりだ。頼りにしてるよ隼人」

「亜希先生……」

皆の笑い声に包まれながら、手塚は頭を抱える。

けれど、とても嬉しそうに見えた。

この家の人たちがとても好きだと、亜希は改めて思う。そらたちを、まるで自分の本当の子供のように語る孝明のことは、とくに。

「私も、手伝い、ますね」

亜希がそう言うと、孝明は嬉しそうに頷き、手塚は困ったように眉を顰めた。

「亜希先生は働かなくていいです……。一緒に来てくれればそれで」

「……おい、隼人と亜希先生って、もしかし――」

「さ、そろそろ帰りましょうか！　バスがなくなるし！」

孝明の言葉をあまりに強引に遮ったせいで、美和と朋美が堪えられないとばかりに吹き出す。

「やっぱり？　今日はなんだか二人の雰囲気が違うと思ったのよ」

早速からかいはじめた朋美を無視し、手塚は慌ててカバンを抱えた。

「……ってか、マジでバスがなくなるから行きましょう！　メロ、おいで！」

手塚は手早くメロをケージに入れて背負い、話についていけずにポカンとする亜希の腕を引く。

亜希は立ち上がると、慌てて皆に頭を下げた。

「ご招待、ありがとう、ございました！」

「いえいえ、いつでも歓迎よ」

そして、最後にとそらとはるを撫でると、二頭は亜希に鼻先を寄せた。

「また、来るね」

『うん』

帰りはずいぶんバタバタしたけれど、亜希の心は満たされていた。

バス停まで足早に歩きながら、手塚が小さく溜め息をつく。

「まさかの展開でしたね」

「はい……、でも、とても素敵、でした」

「それにしても、そらって想像以上に人気ですね。これからも結婚記念日やら出産やら、なにかとイベントを企画しそうな気がする……」

「孝明さんの、あの様子だと……、あり得る、かもです」

「あの一家、そらにかなり過保護ですからね……、新居を建てるなんて言ってましたし……」

手塚は脱力したように笑う。

ただ、そらを寂しさから解放したのは、その過保護ともいえる程の愛情に他ならない。

まさに、家族の絆だと亜希は思う。

「ってか、やっぱ動物っていいですね。癒されます」

歩きながら、手塚がまるでひとり言のように零した言葉に、亜希は共感した。

「わかり、ます」

「前も冗談で言ってたわけじゃないですけど、ここに来ると、牧場をやりたいなぁって気持ちがより強くなるんです。……もちろん大変だってわかってますし、いろいろ勉強しなきゃいけませんけど」

「きっと、叶います」

最初こそ夢物語だった妄想が、少しずつ現実味を帯びていく感覚に、亜希は少し高揚していた。

物心ついた頃から動物が好きで、いつでも関わっていたくて、獣医になるという目標が叶った亜希には、将来について、それ以上の展望はなかった。

けれど、手塚といると、新しい夢がどんどん広がっていく。

「それにしても、俺や亜希先生の思うままに動物を受け入れていたら、とんでもない規模の牧場になっちゃいますね……」

「大家族、……いいと、思います」

「……駄目ですよ。あんまり忙しいと、亜希先生は自分のことは二の次になっちゃいますから」

「……手塚、くんが、過保護なのは……、きっと血、ですね」

「やめてください。俺、おじさんみたいに動物にデレデレしませんから。あの人、多分動物たちと会話できてますよ。亜希先生みたいなガチなやつじゃなくても、かなりの精度で理解してます、絶対」

「そう、思います。けど、それなら……」

やっぱり手塚と同じじゃないかと、ふいに浮かんだ感想は、なんだか怒られそうな気がして言わなかった。

「それなら……？」

「い、いえ……、きっと、よく見てるん、ですね。……動物たちの、こと」

「それは確かに。……意思の疎通って、つまりそういうことですよね。きっと、言葉だけじゃないんだよなぁ」

「手塚、くんは……、すでに、できているのでは……」

「まだまだですよ。——俺はもっと、わかりたいです」

その言葉がやけに意味深に聞こえ、亜希はふいに立ち止まった。

手塚は振り返り、亜希に手を差し出す。

「どうしました？　最終のバス、来ちゃいますよ」

「あ、……はい」

その手に触れると、亜希よりも少し高い体温が、指先からじわりと伝わった。

確かに、必要なのは言葉だけじゃない、と。

ほんのわずかに緊張が滲む手塚の目を見ながら、亜希はふと、そんなことを考えていた。

しかし、背後から迫るバスのヘッドライトに照らされた瞬間、思考はプツリと途切れる。

「やばっ……、最終のバスだ……！」

「えっ……、ま、間に合い、ますか……？」

「ダッシュすれば、ギリで！」

手を引かれて走ると、バスは亜希たちを追い越し、けれど、少し先のバス停に止まったまま動かなかった。

どうやら待っていてくれているらしいと、亜希はひとまずほっとして、けれども必死に走る。

ようやく乗り込むと、乗客はあまりおらず、息を切らした亜希たちの様子を見た年配の夫婦がクスクスと笑った。

「す、すみません……、お待たせしてしまって」

手塚は運転手と乗客に謝り、亜希をシートに座らせて、メロのケージをそっと覗き込んだ。

「……メロ、かなり揺らしちゃったけど、酔ってない……？」

メロは平然とした様子で、にゃぅと鳴く。

『だいじょうぶ』

「そっか。ならよかった」

やはり会話が成立していて、亜希はたまらず笑う。

「……通訳、いらない、ですね」

「メロの考えてることなら、ちょっとだけ、わかる気がします」

「よく、見てますもんね」

「比較的、わかりやすいですから。——ただ、わかる気でいても、不安になるときもありますけど」

「不安……？」

「……こっちの話です」

亜希が首をかしげると、手塚はわざとらしく目を逸らし、ケージを抱きしめるように抱えてメロに話しかける。

「メロ、どう思う？」

『おなか、すいた』

「そうだよなー、さすがにわかんないよなぁ」

『ごはん』

「ありがとう、元気出るよ」

「ふふっ……！」

今度は驚く程にすれ違う会話を聞きながら、亜希はふたたび笑った。

手塚もつられて笑い、メロは楽しげににゃぅと鳴く。

「メロは……、ごはんが、欲しい、そうです」

「え？　……今、ごはんの話してたんですか……？　嘘でしょ……？」

手塚のがっくりした表情があまりに可笑しくて、亜希はついに笑いを止められなくなってしまった。

「す、すみま、せん……」

ようやく落ち着き、きっと拗ねてしまっただろうと想像しながら恐る恐る手塚を見上げると、向けられていたのは穏やかな視線。

手塚は目を細め、自然に亜希の手を取った。

急に空気が変わった気がして、亜希は息を呑む。——すると。

「……俺、いろんな意味で、頼れる人間になろうと思ってます。これまでは、研究とか、目先の好きなことばかりに没頭してましたけど……、自分自身の将来のこと、ちゃんと考えようって」

「え……？　あ、あの」

「……俺はこれからも……ってか、この先ずっと、亜希先生と一緒にいたいと思ってるので」

亜希の心臓が、ドクンと大きな鼓動を打った。

まるでテレビで見たプロポーズのようだ、と。思わず浮かんだ感想が、亜希の顔の熱を上げる。

身動きが取れないでいると、手塚は、握る手にぎゅっと力を込め、それから困ったように笑った。

「……さすがに、バスの中で言うことじゃないか」

そう言うと、手塚はなにごともなかったかのように、普段通りの表情に戻る。

ただ、――もうずいぶん前から手塚の傍にいる亜希には、それが照れ隠しをするときの癖だと、わかっていた。

「……牧場、やりましょうね。ずっとずっと先に、なっても……、一緒に」

衝動に突き動かされるようにそう口にすると、手塚が目を見開く。――そして。

「天然じゃ、……ないですから」

先回りして言った言葉に、手塚は頭を抱えた。

「……なんなんですか、その破壊力は」

「は、はい……？」

「なんでもないです……。やっぱバスの中で言うんじゃなかった」

繋がった手が、熱い。

手塚の頬はほんのりと赤く、どんなに見つめても目を合わせてはくれなかった。

亜希の心臓もまた、落ち着きのない鼓動を刻んでいる。

亜希はそれをバスの揺れのせいにして、ゆっくりと深呼吸をした。

エピローグ

「教授、二次破水、から、……もうすぐ、二時間、です！」

「……そうかぁ、ちょっと不安だな。……子牛の脚は見えるよね？」

牛の出産は、壮絶であり神秘的だ。

亜希は大学に入学してまだ間もない頃、農学部が管理する牧場で牛の出産を見学する機会に恵まれ、命が誕生する瞬間にすっかり魅せられてしまった。

それからというもの、亜希は動物に出産の兆候があると聞くたび手伝いをしたいと申し出をし、数えきれない程の介助をしてきた。

「見え、ますが……、母牛の体力が、弱っている、ような」

「かなり時間がかかっているからね。……おい、頑張ってくれよ、もう少しの辛抱だから」

「介助、しますね」

「陣痛に合わせて、慎重に」

「はい……！」

牛の出産は、自然分娩が望ましいのはもちろんだけれど、難産になることが少なくない。

ただ、むやみに介助に入ってしまえば、母体に傷がついたり、子牛が骨折をするなどのトラブルが起こりかねないため、多くの場合、介助の有無の判断は二次破水の後となる。

その日、亜希が立ち会っていた牛は初めての出産であり、陣痛から二次破水まで、ずいぶん時間を要した。

ようやく母子ともどもこの苦しさから解放してあげられると、亜希は産道から見えている子牛の脚に手早くロープを結び、母牛がいきむタイミングに合わせて慎重に引く。

すると、少しずつ子牛の姿が露わになり、――母牛の鳴き声とともに、ようやく産み落とされた。

母牛は、産むやいなや、疲れを感じさせない様子で子牛を優しく舐めはじめる。

「教授……！」

「よかった。……ひとまず、親子揃って無事みたいだね。……さて、ちゃんと立ち上がれるかな？」

生まれたての子牛は、すぐに立ち上がってミルクを飲むことで、必要な抵抗力をつけるという。

しかし、立ち上がれなければミルクを飲むことはできず、母牛がそれを手助けすることもない。

それは、強い遺伝子を残すため、本能に刻まれた自然界の掟だ。

こればかりは、亜希たちが介入することはできない。

亜希は、固唾を呑んで子牛の様子を見守った。

すると、舐められて綺麗になった子牛は、震える脚で必死に地面を踏みしめ、危なっかしくもゆっくりと立ち上がる。

そして、すぐに母牛のミルクを飲みはじめた。

「飲み、ましたね！　よかった、です……！」

ここまでくれば、ようやく一段落といえる。

亜希は脱力し、柵にぐったりと体重を預けた。

母牛の骨盤が開きはじめていると報告を受けたのは、一日前。

それ以降、亜希は別の場所からライブカメラの映像に張り付き、ずっと様子を窺っていた。

　つまり、丸一日以上、寝ていない。

　すると、亜希と一緒に立ち会っていた教授――産業動物臨床獣医師であり、大学の客員教授である泉田が、苦笑いを浮かべた。

「手伝ってくれるのは心からありがたいんだけど……、君は本当に、変わってるなぁ。農学部が管理する牛の出産なんて、君には関係ないのに」

「関係、ないことは……ないかと」

「まあ、君のこれからの獣医人生を、長い目で見ればね。……とにかく、もう朝だし、後はいいから帰って寝なさい。助かったよ、ありがとう」

「は、はい……」

　亜希は少し名残惜しい気持ちを抱えながらも、元気そうな子牛の様子にほっとして、泉田にぺこりと頭を下げた。

　牛舎を出ると、辺りはすっかり明るく、周囲にはチラホラと農学部の学生たちの姿が確認できる。

　誰もが、泥だらけの亜希を、まるで不審者を見るように遠巻きに眺めていた。

「あの人、獣医学部の……」

「〝変人〟でしょ?」

自分が変人と噂されていることを、亜希は知っている。

獣医学部でありながら、農学部が飼育する動物たちの出産にやたらと立ち会いたがるのだから、ある意味当然だと納得もしていた。

それだけでなく、病気の動物がいれば何日も付きっきりで看病をするし、無理をしすぎて過労で倒れたこともある。

それらは「変人の伝説」として大袈裟に語られ、気付けばすっかり有名人になってしまい、どこへ行っても噂されるようになってしまった。

動物たちのことが心から好きで、必死に学んでいる学生なら他にもたくさんいるものの、亜希は少し病的に見えるらしい。

しかし、あまり人と関わりを持とうとしない亜希は、それらの噂を弁解することもなく、すべてを受け入れていた。

そんな中、亜希に興味を持った唯一の人物こそ、泉田だ。

ちなみに泉田は、亜希が大学に入って以来、自ら話しかけた数少ない人物の一人でもある。

牛の出産に感動した亜希が、もう一度立ち会いたいという希望を叶えるためには、農学部の動物たちの責任者である泉田と交渉する必要があったからだ。

亜希は意を決して泉田を訪ね、もし今後、動物の出産時に人員不足があれば、自分を呼んでもらえないかと懇願した。

その結果、泉田は、「人手ならいつだって不足してるから、呼ぶね」と、いたって軽い返事をくれた。

あまりにもあっさりとした返事に、ついポカンとしてしまったことを、亜希ははっきりと覚えている。

ちなみに、いつも飄々（ひょうひょう）としている泉田もまた、学生の間で「癖のある教授」として有名らしい。

それを知ったのは、講義中に、後ろの席の学生たちがしていた噂から。

内容のほとんどは、私生活が全然想像できないとか、いつも半笑いで裏でなにを考えてるかわからないなど、ありがちなものだった。

けれど、中には、人間嫌いをこじらせ山奥で完全な自給自足生活をしていたという、どこで調べたのだろうと思うようなものもあれば、動物に育てられたらしいというさすがに非現実的なものまで聞こえてきた。

そんな噂を聞いたところで、そもそも人に興味がない亜希にとっては、どうということはなかった。

重要なのは、農学部で飼育している動物たちの責任者が泉田であるという、たったひとつの事実だけだった。

逆に、泉田が亜希に興味を示した理由は、言うまでもない。どんな動物も、亜希に対してすぐに心を開くからだ。

最初に牛の出産に立ち会ったとき、母牛の気性が荒いということで、その場にいた学生たちは近寄ることもできず、遠巻きに様子を眺めていた。

そんな中、亜希はまったく臆せず母牛を宥め、難産だった出産の介助の手助けをした。

まるで魔法のようだと、泉田は話した。

それ以来、すっかり気に入られた亜希は、泉田から声がかかるたびに、自分の学部とは無関係に動物たちの世話をしている。

「実は、子供が生まれるんだ」

「えっ……！　本当、ですか！　牛、ですか？」

ある日、生まれた子牛の様子を見に牛舎にやってきた亜希に、突如、泉田がそう伝えた。

亜希の気持ちはたちまち高揚し、泉田に身を乗り出す。

しかし、泉田は苦笑いを浮かべ、首を横に振った。

「……いや。そうじゃなくて」

「じゃあ、馬、ですか……？　羊……？」

「違うよ。……人間」

「にん……、げん」

復唱しながら、亜希はようやく泉田の言わんとすることを理解する。

生まれるのは、泉田の子供なのだと。

「……桜井、今わかりやすくガッカリしたよね」

「そ、そんな、こと……！　おめでとう、ござい、ます」

「ずいぶん心のないお祝いだなぁ。でも、ありがとう。……人間には全然興味がないのかい？」

「え、っと」

さすがに正直に頷くのは躊躇われ、亜希は目を泳がせた。

動物の子が生まれると聞いたときには、全身の血が沸き立つ程に興奮してしまうというのに、人間のこととなると、亜希には、どんな感想を持てばいいのかすらよくわからない。

理由は、明確だった。

亜希にとっては、意志の疎通ができる動物たちの方が、人間よりもずっと身近だからだ。

一方、人間については、理解できないことがあまりにも多い。

それが一般的におかしいことだとわかっているものの、物心ついた頃からそうだったし、変わりたいと望んだこともとくになかった。

嫌いというわけではないが、単純に、苦手で恐ろしい。

子供の頃は顕著で、人とのコミュニケーションが苦手な亜希は、何度もコソコソと陰口を言われてきた。

自分のことを話しているのだろうと、浴びる視線からそれを感じたときのなんとも言えない不安感は、何度繰り返しても慣れるものではない。

それに関しては、大学に入って変人だと噂されている今も、そう変わらなかった。

そんな亜希にも、もちろん心を許せる相手は存在する。

祖父の和明はもちろん、優生や、さくらい動物病院に定期的にやってくる飼い主たち。

動物への愛情が深い人は、傍にいると安心できた。

泉田も、もちろん含まれる。

「……そんなに困るなよ。人の感情や思考は誰かに縛られるものじゃないんだから。俺だって、昔は人にまったく興味がなかったしね。ところが、四十歳も半ばを過ぎて、急に考え方が変わったんだ。結婚したのもその頃だし。……ほんと、人の感情って不思議だよ。なにをキッカケに、どう変わるかわからない」

「……変わるもの……、なん、ですね」

「俺は変わったっていう、一例の話だよ。別に、こうあるべきなんて決まりはないだろ」

泉田のこういう懐の広さに、亜希はたびたび救われていた。

亜希は頷き、子牛に視線を向ける。

『アキ』

生まれてまだ十日も経たないけれど、子牛は亜希のことを認識し、会うと亜希の名を呼んでくれるようになった。

真ん丸の目を見ていると、たまらない気持ちが込み上げてくる。

亜希はその鼻先を優しく撫でながら、いつか自分も人に対してもこんな気持ちになる日がくるのだろうかと、密かに考えていた。

「おじい、ちゃん。私が、生まれた日の、こと……覚えてる？」

その日の夕方、さくらいホテルで動物たちの世話をしながら、亜希はふと、和明にそんな質問をした。

泉田との会話が、思いのほか余韻を残していたらしい。

亜希は大学からの帰りがけ、自分もかつては赤ちゃんだったとごく当たり前のことを考えながら、不思議な気持ちを抱えた。

和明は唐突な質問に一瞬ポカンとし、けれど、すぐに目を優しく細める。

「そりゃ、覚えているさ」

その表情を見れば、自分の誕生をいかに喜んでくれたか、わざわざ聞くまでもなかった。

ただ、心の隅の方には、理解が及ばない自分に対しての不安も生まれていた。

祖父と自分はとても似ていると思っていたのに、決定的な違いを見せつけられてしまったかのような。

「どんな……こと、思った……？」

恐る恐る尋ねると、和明は腕を組み、少し考え込む。

そして、予想もしない言葉を口にした。

「自分のＤＮＡを受け継いだ人間が、これから新しい時代を生きるんだと思って興奮したよ」

「ＤＮＡ……？」

「自分が生きるも同然だと思ってる。たとえ死んでも、俺は亜希を介して存在する。そう考えると、命はやはり神秘的だ」

「え、えっと……、ちょっと、よくわからない、かも」

和明の感想が少し独特だということは、さすがの亜希も察していた。

ただ、医療に従事し、命に対してシビアな和明が神秘を語ることは珍しく、亜希は少し戸惑う。

ふと、泉田が話していた「なにをキッカケに、どう変わるかわからない」という言葉を思い出した。

だとすると、和明も、人生の中でなにかしらの大きな変化を繰り返してきたのかもしれない。

ぼんやりと見つめる亜希に、和明は小さく笑い声を零す。

「私だって、昔はわからなかった。――だが現に、そう思ったんだよ。亜希になにか困ったことがあったら、亜希の中で生きる自分のＤＮＡが知恵を貸してやればいいのにと、ＳＦ小説のようなことまで考えた。……バカバカしいことを、いたって真面目に」

「……おじい、ちゃん」

それが一般的でなかったとしても、和明の言葉からは、とても深い愛情が感じられた。

亜希はそれを実感しながら、この人にこんなことを言わせてしまうなんて、人の感情はやはり計り知れないと改めて思った。

翌日、朝一番に牛の親子に会いに行くと、子牛の経過はいたって順調なようで、元気にミルクを飲んでいた。

牛の成長は、驚く程早い。

比較的小柄なジャージー種であっても、生後三、四ヶ月程で、体重が百キロ前後になる。

生まれた瞬間はあんなに弱々しかったというのに、骨格は日に日にしっかりしているようで、亜希はほっと息をついた。

「困ったこと、ない？　痛いとこ、とか」

『大丈夫』

話しかけると、母牛が間延びした鳴き声を上げる。

出産を終えた母牛は、なんとなく貫禄が増した。とはいえ、この母牛もまだ一歳半だ。人間ならばまだまだ赤ちゃんだが、こうしてミルクを飲ませている母牛からは、子牛に対する愛情と母性が感じられる。

「……偉い、なぁ。……私より、ずっと、大人……」

動物は、人よりもずっと思考が単純なぶん本能に忠実であり、比べるのは無意味とわかっていても、やはり驚かずにはいられなかった。

すると、ミルクを飲み終えた子牛が亜希の傍へやってきて、鼻先を擦り寄せる。

「大丈夫、だよ。落ち込んでるわけじゃ、ない、から」

まるで慰められているようで、亜希はつい笑い声を零した。——そのとき。

「——なんだ、桜井か。誰が喋(しゃべ)ってるのかと思ったら」

「っ……」

背後から泉田の声が聞こえ、亜希は慌てて振り返る。

しかし、泉田はいつも通りの様子で、柵の中に入ると母牛の背中を撫でた。

どうやら不審には思われてないらしいと、亜希は胸を撫で下ろす。

すると、泉田は牛の親子を見比べ、嬉しそうに笑った。

「それにしても、だんだん似てきたなぁ」

「え？」

「子牛だよ。母牛にそっくりだ」

言われてみれば、二頭はよく似ていた。

普段、牛たちと関わりがない学生からすれば、牛を見分けるのは難しいという。しかし、よく見れば、牛にはそれぞれはっきりとした特徴がある。

顔のパーツや模様などの体の特徴をはじめ、性格や鳴き声も。それらは、ほとんどが遺伝によって受け継がれるものだ。

「確かに……、似て、ます」

「不思議だね、遺伝子って。たとえ死んでも、子を通じてこうして確実に繋がっていく」

「たとえ、死んでも……」

「そう、死んでも。……ロマンチストみたいなこと言うけど、子供の中で自分は存在し続ける、みたいなね」

泉田の言葉を聞きながら、亜希は和明の言葉を思い出した。

二人が言っていることは、よく似ていると。

「祖父が……、同じような、ことを、言ってました。私が、生まれたとき……、そう思った、って」

「皆同じだなぁ。自分の遺伝子を受け継いだ命の誕生に直面すると、そんな気持ちになるのかもしれないね。……現に、俺は数年前まで、自分の遺伝子を残すことにさほど執着も興味もなかったし、こんな心境になる自分を想像もしてなかった。けど、今はすごくわかる」

亜希は、改めてその気持ちを想像してみようと考え込んだ。

けれど、そもそも自分が子供を生むという未来にピンとこず、なにも浮かんでこない。

「私、には……、やっぱり、よくわからない、です」

亜希がそう言うと、泉田は目を細めて笑う。

そして、さらに言葉を続けた。

「なら、逆は?」

「逆……?」

「そう。自分の遺伝子が残り続けるっていうより、桜井のおじいさんや親御さんが自分の中にいて、一緒に生き続けてるっていう考え方はどうかな?」

言葉の意味を理解する前に、心臓がトクンと大きく鼓動を打つ。

大好きな和明が、——そして、もう会うことのできない両親たちが自分の中に存在しているると思った途端、胸がぎゅっと震えた。

「……もう、会えないんだと、ばかり……」

「桜井……？」

「……私の中に……、いたん、ですね」

泉田は、亜希の言葉の意味を察したのか、亜希の肩にそっと触れた。

亜希は、心の中で両親たちのことを思い浮かべる。

母のことはあまり覚えていないけれど、父は成長していく亜希を見ながら、しょっちゅう「お母さんに似てきた」と嬉しそうに話していた。

それ以外にも、ひとつのことに集中すると他が見えなくなるところは父譲りで、動物が好きでたまらないところは和明譲り。

自分の特徴をひとつひとつ思い浮かべ、共通点を見つけるたびに、大切な人たちがすごく近くにいるような気持ちになった。

「……俺が一番感動的だと思うのは、近々生まれる自分の子供に、自分自身だけじゃなく、自分の大切な人たちの存在ごと全部受け継ぐってことかな。それを考えはじめると、ずっとずっと昔の先祖までもが、身近に感じてしまうんだよ」

「ちょっとだけ……、わかり、ました」

受け継いでいくのは、自分の遺伝子だけではなく、身近な大切な人たちはもちろん、それを存在させるに至った長い歴史の中でのすべての命なのだ、と。

それは、確かに神秘だった。

ただ、それが理解できたところで、亜希には、もっとも重要なことが想像できないでいる。

「ですが……、私は、結婚とか……、あまり……」

それに関しては、想像できないどころか、未知すぎて恐怖すら感じていた。そもそも結婚以前に、恋愛に対して憧れも理想もまったくない。

神妙な顔でそう言うと、泉田は突如、可笑しそうに笑った。

「別に、生き方はいろいろあるからなぁ。どっちがいいかなんて比べることじゃないし、自分が受け継いできた遺伝子を守り続ける義務はないんだから、そんなに怯える必要はない」

「そ、そうです、よね……」

「ただ、前にも言ったけど、人生っていうのはなにがあるかわからないもんだよ。たとえ強い意志で生き方を決めていようとも、あっさりと覆されることだってあるからね」

「あっさりと……」

「俺はそうだったね。驚く程自然な流れで、あまりにもあっさりと」

「……ちょっと、怖い……です」

「怖がっていればいいよ、今は」

眉根を寄せた亜希に、泉田はふたたび笑う。

亜希は、明らかに面白がっている泉田を恨めしく思いながら、予想もできない未来に、——ほんの少しだけ、期待を寄せた。

＊

「こ、子供、ですか……！　そらと、はるに……！」

嬉しいニュースが届いたのは、日曜日の昼下がり。

井の頭公園でのんびりと過ごしていると、突然手塚の携帯に孝明から着信があり、はるに妊娠の兆候があるという報告があった。

「楽しみですよね。……ってか、馬って妊娠してからどれくらいで出産するんですか？」

「だいたい、十二ヶ月くらい、かと……！」

「じゃ、来年か。……可愛いでしょうね、ミニチュアホースの赤ちゃん」

「あの……、立ち合いたい、です……！」

「立ち合い？　出産のですか？」

「駄目で、しょうか……！」

妊娠と聞いた瞬間から頭に過った願望を抑えられず、亜希は、懇願するように手塚を見つめる。

すると、手塚はゆっくりと首を横に振った。

「駄目なんてことないでしょ。むしろ、獣医さんが傍にいてくれたら安心なんじゃないですか？　今度、聞いておきますね」

「ありがとう、ございます……！」

まだかなり先の話だというのに、亜希はすっかり興奮していた。

ミニチュアホースの出産に立ち会えるとすれば、亜希にとって初めての経験だ。様々な想像が膨らんで落ち着かない。

「そういえば、亜希先生は馬や牛みたいな大型動物の出産も経験してるって言ってましたよね。大学のときでしたっけ」

「はい……！　牛は、何度も。……他にも、馬や、羊や、豚など……、大学には、たくさん、いたので」

亜希はふと、大学時代に思いを馳せた。

当時の亜希にとっては、牧場の動物たちこそ、学友のようなものだ。

「へぇ……、本格的な牧場があったんですね。獣医学部の管理ですか?」

「いえ、……農学部の」

「なるほど。……なんだか、亜希先生の学生時代が想像できました」

詳しく説明しなくとも、手塚にとって、学部を越えて動物の世話をしていた亜希の姿を予想するのは簡単だったらしい。

「あの頃も、動物とばかり……、話して、ました」

「亜希先生らしいですね。ってか、愚問かもですけど、苦手だったり興味がわかない動物はいないんですか?」

「苦手、ですか……」

本来なら、考えるまでもない質問だった。

しかし、ちょうど大学時代のことを想い出していたからか、ふいに、泉田との会話の記憶が頭を過る。

「当時は……、人間には、興味がないと……、答えて、ました」

　泉田から子供が生まれると報告を受けたとき、申し訳ないと思いながらも、牛や馬の出産のように心は動かなかった。

　人に対しては、興味がないどころかむしろ恐い存在だったし、動物たちの傍にいる方がずっとリラックスできたからだ。

　しかし、頑なだった気持ちは、自分の中にあり続ける、和明や亡くなった両親の遺伝子の存在を認識したことで、わずかに変化した。

　これまでは失うばかりだった、人間の誕生の神秘に感動したのは、初めての経験だった。

　そして、長い年月が経った今。改めて当時のことを思い出してみると、苦手意識がすっかり霞んでしまっていることに気付く。

「当時はってことは、今はちょっと変わったってことですよね？」

　手塚の言葉に、記憶に浸っていた亜希はふと我に返った。

　見上げれば、いつも通りおだやかに笑う手塚。

　亜希はなかば無意識的に頷いていた。

「そう、ですね」

「獣医さんとして、人と関わってますもんね。動物好きな人たちと多く関わったことも、大きかったんじゃないですか？」

「そうかも、です。……あと、遺伝子が、引き継がれていくことを、実感した、ときに……、人の出産も、素敵だなって、思いました」

「遺伝子かぁ……。確かに、考え出すと止まんないですよね、そういうの」

手塚はそう言いながら、ふと遠くを見つめる。

おそらく、遺伝子などは、手塚の好きなジャンルなのだろう。興味のあることを考えているときの手塚の表情はとてもわかりやすく、亜希はつい、その横顔に見とれてしまった。

風に揺れるさらさらの髪に、長い睫毛。

いつの間にか傍にいることが当たり前になってしまった今も、見ていると徐々に鼓動が速くなっていく。

やがて、亜希の視線に気付いた手塚が、少し照れ臭そうに笑った。

「そういえば、目が合うようになりましたね」

「え……？」

「出会った頃は、全然合わせてくれなかったので」

「そう……、でした、っけ」

「そうですよ」

とくに深い意味を持たないやり取りなのに、なぜだかくすぐったい。

亜希は、大学時代に聞いた泉田の言葉を、そっと思い出す。

〝驚く程自然な流れで、あまりにもあっさりと〟

泉田は、人生を変えた出会いをそう表現していた。

まさに、同じだ、と。

当時は疑わしかった言葉が、スッと心に馴染む。

「……なん、だか……、預言された、気分、です……」

「え？」

思ったことをつい口にしてしまい、亜希は慌てて首を横に振る。

手塚はそれ以上、追及することなく、ただ楽しそうに笑っていた。

この人の子供は、きっと優しい子になるだろう、と。

ふと浮かんだ未来の想像は、見たことがないくらい柔らかい色をしていた。

双葉文庫

た-10-16

さくらい動物病院の不思議な獣医さん❺

2020年6月14日　第1刷発行

【著者】
竹村優希

【発行者】
島野浩二
【発行所】
株式会社双葉社
〒162-8540 東京都新宿区東五軒町3番28号
［電話］03-5261-4818（営業）　03-5261-4851（編集）
www.futabasha.co.jp（双葉社の書籍・コミックが買えます）
【印刷所】
中央精版印刷株式会社
【製本所】
中央精版印刷株式会社

【フォーマット・デザイン】
日下潤一

ISBN978-4-575-52372-0 C0193
Printed in Japan

FUTABA BUNKO

発行・株式会社　双葉社